수상한 시간여행

: 역사방에 초대합니다

수상한 시간여행 : 역사방에 초대합니다
청소년 성장소설 십대들의 힐링캠프, 위인(초등고학년)

[십대들의 힐링캠프®] 시리즈 NO.63

지은이 | 전상현
발행인 | 김경아

2023년 5월 11일 1판 1쇄 인쇄
2023년 5월 18일 1판 1쇄 발행

이 책을 만든 사람들
책임 기획 | 김경아
기획 | 김효정
북 디자인 | KHJ북디자인
표지 삽화 | 황토현
경영 지원 | 홍종남
기획 어시스턴트 | 홍정훈, 한선민, 박승아
제목 | 김경아
책임 교정 | 이홍림
교정 | 주경숙, 김윤지

이 책을 함께 만든 사람들
종이 | 제이피씨 정동수 · 정충엽
제작 및 인쇄 | 천일문화사 유재상

청소년 기획위원
정가인, 양태훈, 양재욱

펴낸곳 | 행복한나무
출판등록 | 2007년 3월 7일. 제 2007-5호
주소 | 경기도 남양주시 도농로 34, 301동 301호(다산동, 플루리움)
전화 | 02) 322-3856 팩스 | 02) 322-3857
홈페이지 | www.ihappytree.com | bit.ly/happytree2007
도서 문의(출판사 e-mail) | e21chope@daum.net
내용 문의(지은이 e-mail) | elshadai1961@gmail.com
※ 이 책을 읽다가 궁금한 점이 있을 때는 지은이 e-mail을 이용해 주세요.

ⓒ 전상현, 2023
ISBN 979-11-88758-64-7
"행복한나무" 도서번호 : 165

수상한 시간여행

: 역사방에 초대합니다

| 전상현 지음 |

이 책장을 절대로 넘기지 마시오!

내 이름은 나동철. 움직일 '동'에, 밝을 '철'.

'세상을 움직이면서 밝게 빛나라'라는 뜻으로 할아버지가 지어 주신 이름이다.

할아버지는 내가 역사에 이름이 남은 위인들처럼 살기를 바라는 마음으로 내 이름을 지었다.

하지만 초등학교 1, 2학년 때 나는 위인은커녕, 친구들에게도 인정받지 못했다.

조용히 학교에 와서 조용히 공부를 하고, 또 조용히 친구들과 지내는, 그런 존재감 없는 아이였다.

그런 나도 3학년이 되면서 인싸가 될 수 있었다.

바로 체육 시간과 사회 시간이 나를 인기 있게 만들어 주었다.

3학년이 되면서 키가 부쩍 컸다. 힘도 세졌다.

그동안 축구를 못하는 편은 아니었지만 키가 크고 힘이 더 세지자 내 축구 실력은 우리 반에서 최고가 되었다.

남자들 사이에서 축구를 잘한다는 것은 반에서 공부 1등 하는 것과 같다.

나는 3학년 때부터 나메시, 나날두라고 불렸고, 모든 득점은 나에게서 시작되었다.

한번 공격수로 인정받자 6학년이 된 지금까지 모든 축구 경기의 중심에는 내가 있었다.

그렇다고 공부 쪽에서 친구들에게 인정을 받지 못한 것은 아니다.

물론 수학은 쪼금 부족하지만, 역사 쪽에서는 모든 친구들이 나를 인정했다.

나는 책 읽는 것은 다 좋아하는데, 특히 역사 관련 책 읽기를 좋아한다.

어렸을 때부터 역사책은 많이 읽었다. 3학년 때부터 교과서에 나오는 역사는 내게 자신감을 뿜뿜 채워 주었다.

축구 할 때는 나메시와 나날두였지만, 사회 시간, 특히 역사 수업 시간에는 나종대왕이라는 별명으로 불렸다.

책을 읽는 것이 좋았고 책을 읽는 그 순간만큼은 마음이 편했다.

세상 모든 걱정이 사라졌다.

공부 걱정이 없어졌고 시험에서 100점을 맞아야 한다는 부담감도 사라졌다.

그래서 책 속에 숨어 살았다.

아빠 엄마는 나에겐 1도 관심이 없다.

오로지 돈을 버는 것에만 초점이 맞춰져 있다.

내 뒷바라지를 하려면 돈이 필요하기 때문에 이렇게 아침 일찍부터 나가서 밤 늦게야 돌아온다고 말한다.

나만 아니면 이렇게까지 열심히 살 필요가 없다고 했다.

부모님도 주말에 쉬고 싶고 여행도 다니고 싶지만, 나 때문에 그럴 수 없다는 것이다.

두 분의 마음은 충분히 이해된다.

그러면 밤늦게 집에 오더라도 나랑 좀 놀아 주면 된다.

한 시간을 놀아 달라는 말이 아니다.

30분 동안 내가 하는 학교 이야기를 들어 달라는 것도 아니다.

단 10분이라도 내 이야기에 귀 기울여 주면 된다.

단 1분이라도 따뜻하게 나를 안아 주면 된다.

그거면 된다. 내가 뭐 큰 것을 바라는 것도 아니다. 10분이다! 10분!

밤늦게 집에 돌아온 아빠와 엄마는 일단 얼굴이 일그러져 있다.

두 눈가에는 짜증이 겹겹이 쌓여 있다.

나를 안아 주기는커녕 말이라도 붙이려 하면 쌩하고 방으로 들어가 버린다.

하루 이틀이 아니다.

이제는 더 이상 내가 먼저 반기고 말을 걸고 싶지 않다.

내 방이 편하고, 편안한 방에서 책을 읽는 것이 더 즐겁다.

참새가 방앗간을 그냥 지나칠 리 없는 것처럼, 책 읽기를 좋아하는 나는 도서관을 그냥 지나치지 않는다.

도서관은 머리가 복잡한 나에게는 사이다만큼이나 머릿속을 시원하게 해 주는 곳이다.

친구들이 나에게 어떤 말을 할지 생각할 필요도 없고, 마음에 들지 않는 친구들의 행동에 신경 쓸 필요도 없는 곳이 도서관이다.

조용하고 고요하고 잠잠하고 평화스러운 내 마음의 안식처이다.

수업이 끝나고 방과 후 수업이 시작되기 전까지 30분이 남아 있다.

나는 언제나 그렇듯 후다닥 도서관으로 뛰어간다.

쉬는 시간과 점심시간에 북적북적하던 도서관도 지금 이 시간만큼은 쥐 죽은 듯 고요하다.

많은 아이들이 방과 후 수업에 갔거나 학원 버스를 타려고 재빨리 교문으로 뛰어갔기 때문이다.

학생들이 거의 없는 도서관은 천국이다.

내 마음대로 읽고 싶은 책을 읽을 수 있는 힐링의 장소다.

여기서만큼은 엄마 아빠의 싸움 소리나 잔소리가 생각나지 않는다.

오로지 책 속에 쓰인 글자들과 만날 뿐이다.

책 속의 글자들은 살아 움직이며 나에게 인사하고, 그동안 잘 있었냐고 묻는다.

그리곤 바다 이야기, 하늘 이야기, 모험에 관한 이야기 등 세상 많은 소식들을 내게 전해 준다. 이야기 속에서 궁금한 것들은 다음 페이지에서 자세하게 알려 준다.

이렇게 상냥하고 친절한 친구가 나의 베스트 프렌드라는 것이 내게는 큰 행운이다.

도서관은 6학년 1반 교실에서 나와 복도를 따라 30 발자국을 걸은 뒤 다시 계단을 20개 내려가 왼쪽으로 꺾어야 한다.

그리고 나서 다시 복도를 20 발자국쯤 걷다 보면 우리 학교의 명물인 '해빛' 도서관과 만나게 된다.

'해처럼 빛나라'라는 '해빛' 도서관은 내가 지은 이름이다.

얼마 전 도서관 리모델링이 끝난 후 전교생을 대상으로 도서관 이름 짓기 공모전이 있었다.

그때 내가 생각한 이름이 바로 '해빛'이었다.

책을 통해 해처럼 빛나는 아이들이 되는 공간! 그것이 바로 '해빛'의 뜻이었다.

월요일 아침에 사서 선생님께서 학교 방송에 나오셔서 도서관 이름 짓기 공모전 결과를 발표하셨다.

총 52개의 이름이 접수되었고 다섯 분의 선생님이 점수를 매겨 가장 높은 점수가 나온 이름이 채택되었다고 말씀하셨다.

두구두구두구~~~~

"우리 학교 도서관 이름은……"

심장이 쿵쾅쿵쾅 뛰고 입술이 바짝바짝 말랐다.

내가 제안한 이름이 안 될 수도 있지, 라고 에둘러 생각하긴 했지만 왠지 모르게 될 것만 같았다.

사람이라면 촉이 있고 감이 있다.

나는 친구들보다 그 촉과 감이 좋다.

머리 위에 더듬이 두 개가 펼쳐지더니 촉이 왔다.

발표하는 선생님의 입술을 뚫어져라 쳐다보았다.

"우리 학교 도서관 이름은…… 해빛 도서관입니다!"

"아싸! 그렇지! 내가 될 줄 알았어!"

주먹을 움켜쥐고 머리 위로 치켜올렸다.

내 촉은 틀리지 않았다.

"해빛이라는 이름을 제안해 준 6학년 1반 나동철 학생에게는 1만 원권 문화상품권과 함께 읽고 싶은 책 한 권을 선물로 드리겠습니다. 중간놀이 시간에 도서관으로 와 주세요."

"아싸, 가오리! 신난다~~~!"

며칠이 지나자 도서관 입구에는 '해빛'이라는 두 글자가 붙어 있었다.

도서관 앞을 지날 때면 항상 '해빛'이라는 그 두 글자를 한참 바라보았다.

뿌듯함이 가슴속 깊은 곳에서부터 물밀듯 밀려왔다.

내가 이름을 지은 도서관이라 그런지, 도서관 가는 길에는 언제나 콧노래가 난다.

조용히 도서관 문을 열고 들어가니 오늘따라 사서 선생님이 보이지 않는다.

사서 선생님은 항상 나를 보면 반갑게 인사해 주신다.

이 도서관의 이름을 지은 학생이 나라는 사실을 알고 있기에, 더욱 유쾌한 목소리로 반겨 주신다.

오늘도 나를 반갑게 맞아 주는 사서 선생님이 자리에 계셨으면 좋았겠지만, 그래도 괜찮다.

지금 나는 해빛 도서관에 있기 때문이다.

새로 들어온 신간 책이 있는지부터 살펴본다.

일단 눈으로 쭉 스캔한 후에 서가를 한 바퀴 돌았다.

매일 오는 도서관이지만 내 눈에 띄지 않고 꽂혀 있는 책들이 있다.

그런 책들을 찾기 위해 찬찬히 서가의 모든 책들을 둘러본다.

000 총류, 100 철학, 200 종교라고 쓰여진 서가를 지나 300 사회과학, 400 자연과학, 500 기술과학에서 잠시 멈춰 선다.

그리고 처음 보이는 책 한 권을 꺼내 대충 넘긴다.

사진과 그림이 없이 글로만 쓰여 있어서 다시 그 자리에 꽂아 넣는다.

600 예술, 700 언어, 800 문학, 900 역사.

역사책이 꽂혀 있는 서가는 내가 제일 시간을 많이 보내는 곳이다.

900 역사 서가 바로 옆에 있는 책상과 의자는 내 전용 자리나 다름없다.

《시간여행—이 책장을 넘기지 마시오!》

매일 둘러보던 책들인데, 오늘따라 낯선 이름의 책 한 권이 눈에 들어왔다.

"풋!"

나도 모르게 입술 사이로 작은 웃음이 터져 나왔다.

'시간여행'이라는 책 제목이 전혀 요즘 트렌드와 맞지 않았기 때문이다.

아무리 우리가 초등학생이라고는 하지만 작가는 무슨 생각으로 시간여행이라는 제목을 정했는지, 그저 웃음이 나왔다.

실제 시간여행이라는 것이 가능하지 않다는 것쯤은 초등학생인 나도 알고 있었다.

그런데 그 밑에 씌어진 부제가 더 가관이다.

'이 책장을 넘기지 마시오!'

이게 말이 되나! 책장을 넘기지 않으면 책을 어떻게 읽으란 말인가!

그러면 책은 왜 만들었나!

이 책을 쓴 작가가 누군지 궁금해졌다.

'전상현 지음'

전상현이라는 작가가 쓴 책이라는 것을 알았다.

참, 이 작가는 재미도 없고 생각도 없이 책 제목을 지은 게 분명하다.

아니면 이 책을 고른 사람들에게 짜증과 호기심을 유발해 책장을 자연스럽게 넘기도록 유도하는 고도의 심리적인 작전을 펼친 게 분명했다.

사람을 속이는 이런 책은 1학년이나 호기심에 뒤적여 보지, 나같이 책 읽기 전문가는 거들떠보지도 않는다.

피식 웃으며 지나가려는 순간, 무언가 나를 잡아끄는 것만 같았다.

가던 길을 멈추고 뒤를 돌아보았다.

아무도 없었다.

'저 책이 나를 부르는 건가……' 묘한 기분이 들었다.

기분이 썩 유쾌하지 않았지만 잠시 우두커니 선 상태로 책장에 꽂혀 있는 책을 바라보았다.

어느 순간 책은 책장에서 내 손으로 옮겨져 있었다.

역시나 책 표지에 하얗게 먼지가 쌓여 있다.

내가 예상했던 것처럼 책 제목에 속아서 책장을 넘겨 본 사람이 거의 없다는 것을 알 수 있었다.

책장을 조심스레 넘겼다.

책에 쌓여 있던 먼지들이 바닥으로 떨어졌다.

"에취!"

나도 모르게 재채기가 나왔다.

비염이 문제였다.

작은 먼지만 있어도 지금처럼 재채기가 나온다.

아이들을 현혹하려고 지은 책 제목이, 도리어 아무도 거들떠보지 않는 책을 만들어 버렸다.

이 책의 저자인 전상현 씨에게 메일을 보내서 왜 이딴 식으로 책 제목을 지어서 나에게 재채기 선물을 주었냐고 따지고 싶었다.

하지만 그렇게 한들 전상현 씨가 내게 답장을 써 줄 리가 없다.

"분명히 책장을 넘기지 말라고 했잖아요! 왜 그 말을 안 듣고 책장을 넘겼어요! 그러니까 잘못은 당신에게 있지요!"

전상현 씨는 이렇게 말할 것이 분명하다.

그저 먼지에 약한 내 코와 기관지와 폐를 원망할 수밖에.

"그 책 한 번 읽어 봐!"

언제나 밝게 웃는 사서 선생님의 목소리가 들렸다.

"네?"

깜짝 놀라 고개를 돌려 사서 선생님이 항상 앉아 계시는 자리를 쳐다봤다.

사서 선생님은 보이지 않았다.

목을 쭉 빼서 이리저리 살펴보았지만 아무도 없었다.

'누가 말한 거야? 내가 뭘 잘못 들었나……'

두리번두리번 주위를 살펴봤지만 도서관에는 아무도 없었다.

머리를 긁적이며 손에 들고 있던 그 이상한 책을 다시 서가에 꽂아 놓았다.

그리고 그 옆에 있는 책을 꺼내 들었다.

"에이취! 에취!"

또 한 번 재채기가 나왔다.

이번에는 더 큰 소리로 재채기가 나왔다.

분명 먼지가 더욱 많이 쌓인 책이다.

비염이 있는 내 코는 거짓말을 하지 않는다.

아까 손에 들었던 책보다 재채기 소리가 더 큰 것으로 봐서 먼지의 양도 많고 눅눅함도 더 오래됐다.

《시간여행 II —이 책장을 절대로 넘기지 마시오!》

'아, 또 시작이네……'

역시나 생뚱맞은 책 제목이다.

이번에도 표지는 빨간색이다.

이 책을 기획하고 편집한 편집자는 최악의 책을 만든 것이다.

이렇게 책을 디자인하고 어떻게 회사에서 오케이 사인을 받았는지 아무리 생각해도 이해가 되지 않는다.

그리고 책이 나오기 전에 분명히 이 책을 쓴 작가인 전상현 씨에게 몇 개의 책 제목 후보를 보냈을 것이다.

책 제목들을 받아 본 전상현 씨는 책 제목과 디자인을 보며 불평과 불만을 쏟아 냈을 것이 분명하다.

그런데도 이렇게 책이 출판되어서 버젓이 서가에 꽂혀 있다는 것이 믿을 수가 없었다.

편집자는 최신 트렌드를 따라가지 못하는 디자인 빵점 편집자이거나, 아니면 말빨이 좋아 출판사 사장이나 작가를 설득할 수 있는 언변의 달인이었을지도 모른다.

아무튼 이런 쓸데없는 책을 펼치는 것이 시간 낭비라는 것쯤은 분명히 알고 있었다.

"그 책 읽어 봐~ 얼마나 재밌는데~."

"뭐야! 누구야!"

또 다시 사서 선생님의 목소리가 들려왔다.

다시 사서 선생님이 앉는 자리를 쳐다봤다.

사서 선생님은 여전히 없었고 아무리 둘러봐도 도서관에는 사람의 그림자조차 찾을 수 없었다.

분명히 사서 선생님의 목소리가 들렸는데……, 이상하다…….

사람의 목소리에 너무 놀라 서가에 꽂아 놓으려던 이상한 이름을 가진 빨간책을 다시금 움켜쥐었다.

'이 책이 자기를 읽어 달라고 말하는 건가?'

이렇게 생각하는 내가 너무 웃겨서 피식 하고 웃음이 나왔다.

그래도 이왕 책을 들었으니 펼쳐라도 봐야겠다는 생각이 들었다.

책에 쌓여 있는 먼지를 다시금 훅훅 불었다.

재채기가 또 나오면 안 되니 멀찌감치 떨어져서 숨을 크게 들이마시고 한 번에 훅 내쉬었다.

그리고 떨어지는 먼지가 코에 들어가지 않도록 5초 동안 숨을 참았다.

한참 동안 서 있었더니 다리가 아팠다.

빨간책을 한 손에 움켜쥔 채 가장 가까운 의자에 앉았다.

'이 정도면 책이 충분히 깨끗해졌어. 한번 넘겨 볼까!'

책상 위에 책을 올려 놓은 후 촌스런 책 표지를 넘겨 책의 중간 정도를 펼쳤다.

……그런데, 아무런 글씨도 쓰여 있지 않았다.

하물며 그림 하나도 그려져 있지 않았다.

'뭐 이런 책이 다 있지? 책 표지가 이상할 때부터 알아봤어야 하는데. 괜히 시간만 낭비했네.'

책장을 앞으로 한 장 넘겼다.

거기에도 아무런 글씨가 쓰여 있지 않았다.

이번에는 책장을 한꺼번에 붙잡고 확 넘겼다.

이번에도 똑같았다.

'그래도 책에 목차는 있겠지.'

엄지손가락을 책장 사이에 밀어 넣은 후 맨 앞으로 책장을 넘겼다.

책장이 넘어가는 순간 까만 숫자가 보였다.

목차가 있기는 한데 조금 이상하다. 글자가 쓰여 있는 게 아니라 알 수 없는 숫자들만 보인다.

[1442]

"일사사이? 천사백사십이? 이게 뭐야!"

눈에 바로 보이는 네 자리 숫자 하나를 읽었다.

숫자를 다 말하고 나니 갑자기 몸에 힘이 쫙 빠지기 시작했다.

손과 발에 힘이 빠지고 고개는 책상 위로 살며시 숙여졌고 눈은 조금씩 감겼다.

졸음이 쏟아지기 시작했다.

"거기 누구 없어요! 도와주세요! 몸이 이상해요!"

다급한 목소리로 외쳤다.

하지만 주위에는 내 외침을 들을 사람이 아무도 없었다.

눈꺼풀을 다시 들어 올릴 수 없을 만큼 잠이 물밀 듯이 다가왔다.

점점 내 몸이 책 안으로 빨려 들어가는 것만 같았다.

'악!' 하는 비명 소리를 낼 수도 없이 눈이 감겼다.

몸이 점점 책 안으로 빨려 들어가고 있었다.

쏟아지는 잠 때문에 이게 꿈인지 실제인지 도통 구분이 가지 않았다.

하지만 확실한 것은 내 몸이 책 안으로 들어가고 있다는 것이었다.

1⋯4⋯⋯⋯ 다음이 무슨 숫자더라⋯⋯.

선명했던 숫자가 흐릿해져 보인다.

점점 눈이 감기고 도저히 눈꺼풀을 다시 들어 올릴 수 없다.

순식간에 내 몸은 1442 숫자 속으로 빨려 들어가고 있었다.

차례

이 책장을 절대로 넘기지 마시오!

1

1442년_ 발명왕 장영실과 어머니

여기가 어딘지 도무지 알 수 없다.

갑자기 몸이 가벼워지더니 번쩍하는 빛과 함께 한 번도 보지 못한 곳으로 오게 됐다.

분명, 방금 전까지 나는 학교 도서관에 있었다.

옆에는 책이 꽂혀 있는 책장들이 있었고 내 손에는 빨간책 한 권이 들려 있었다.

그런데 도서관은 온데간데없고, 나는 지금 딱딱한 길 위에 서 있다.

많은 책들이 풍기는 도서관 특유의 책 냄새도 사라지고 지금은 눅눅한 모래 냄새가 풍겨 온다.

"전하, 부디 건강하시옵소서. 그리고 백성들이 행복하게 살아갈 수 있는 나라를 만들어 주시옵소서. 부족한 소인은 먼저 떠나겠습니다."

늦은 시간 아무도 없는 거리에서 웬 남자의 목소리가 들려온다.

지팡이에 의지해 왼쪽 발을 절면서 걸어오는 한 남자가 눈에 보이기 시작했다.

남자의 모습이 점점 선명해지자 깜짝 놀랐다.

머리카락은 이리저리 흩어져 있었으며 온몸이 퉁퉁 부어 있고 바지는 빨갛게 물들어 있었다.

누가 봐도 사람의 피였다.

"아저씨, 괜찮으세요? 피를 많이 흘리신 것 같아요."

"나는 괜찮단다. 혹, 시간 여유가 있다면 우리 집까지 부축 좀 해 줄 수 있겠니? 내가 가족이 없어서 말이다……. 초면에 이런 부탁을 해서 정말 미안하네."

"괜찮아요. 제가 부축해 드릴게요. 저와 함께 아저씨 집으로 가요."

"고맙네, 젊은이. 신세 좀 지겠네."

아픈 아저씨를 부축해서 30분쯤 걷다 보니 집 한 채가 보였다.

으리으리한 기와집은 아니었지만 깨끗하고 잘 정리된 것이 사람을 편안하게 해 주는 그런 집이었다.

아저씨를 방바닥에 눕히고 나니 이제야 내 마음도 편안해졌다.

아저씨의 모습을 보니 지위가 높은 사람 같지는 않아 보였지만 짧은 대화 속에서 무언가 고상함 같은 것이 느껴졌다.

궁금한 것은 참을 수 없는 성격이 발동했다.

아파서 누워 있는 아저씨에게 미안하긴 했지만, 그래도 물어보고 싶은 건 꼭 물어봐야 하는 내 성격이 입을 가만두지 않았다.

"그런데 아저씨! 아저씨는 누구세요?"

엥? 지금 이렇게 아파서 누워 있는 아저씨에게 누구냐니?

그것도 오늘 처음 본 아이가 어른에게 누구냐고 물어보는 게 내가 생각해도 우습다.

누군가가 이 이야기를 들었으면 그냥 입 꾹 다물고 조용히 있으라고 했을 것이 분명했다.

"하하하, 내가 누구냐고?

갑작스러운 내 질문에 아저씨는 크게 웃으셨다.

"콜록콜록."

아저씨는 웃으면서도 다친 몸이 아픈지 연거푸 기침을 하셨다.

"궁금하겠지. 갑자기 만난 사람이 온몸에 피를 흘리고, 다리는 절뚝거리며 집까지 데려다줄 수 있는지 물어봤으니, 이 사람이 누군지 궁금하기도 하겠지.”

“죄송해요. 많이 당황스러우시죠?”

“아닐세. 나에 대해 먼저 소개하지 못한 내가 더 미안하네. 나는 장영실이라고 하네. 임금님이 사는 궁궐에서 고장 난 이것저것을 고치기도 하고 만들기도 하는 일을 한다네. 물론 지금은 궁궐에서 쫓겨난 몸이긴 하지만 말이야…….”

“네? 장영실이요?”

장영실이라는 이름을 듣고 너무 놀랐다.

장영실은 내가 어려서부터 세종대왕 다음으로 책에서 가장 많이 읽은 인물이다.

개인적으로 내가 가장 좋아하는 위인이기도 하다.

그런 장영실을 직접 눈으로 보고 있다는 것이 믿기지가 않는다.

그런데 장영실은 왕의 사랑을 받아서 높은 지위까지 올라간 인물이라고 알고 있는데, 지금 내 눈앞에 있는 장영실은 전혀 그렇게 보이지 않았다.

온몸은 피투성이에 다리는 절고 있고, 몸이 아프다며 방바닥에 엎드려 있으니 그저 환자처럼 보였다.

집은 커다란 기와집도 아니고 살림살이도 뭐 눈에 띨 만한 비싼 것이 있는 것도 아니었다.

“눈치를 보니 젊은이가 나에 대해서 들어 본 것 같은 모습이네.

어느 정도까지 알고 있는지 모르겠지만 자네가 상상했던 모습과는 조금 다르지?"

"아, 네……."

"그래도 나는 지금 내 모습도 만족한다네. 오히려 더 감사하지."

"감사요?"

"내 어머니는 동래현 관아에 속한 기생이었다네. 한마디로 노비였지. 어머니가 노비였기에 나 역시 태어나자마자 노비가 되었다네. 어머니가 노비면 자식은 무조건 노비가 되는 게 당연했으니. 단지 노비라는 이유로 내 또래 친구들은 나를 따돌리고 때렸지. 좋은 옷을 입고 다니는 친구들에게 말을 걸 수도 없었고, 그들처럼 글을 배울 수도 없었지. 하지만 어머니는 노비도 글을 배워 두면 큰 도움이 될 거라고 하면서 내가 글을 배울 수 있도록 도와주셨다네."

"어머니가 아저씨 교육에 관심을 많이 가지셨네요. 우리 엄마도 그런데……. 세상의 모든 엄마들은 다 비슷한 것 같아요. 우리 엄마도 열심히 공부해야 성공한다, 지금 공부하지 않으면 중학교 때 후회한다, 그런 말을 자주 하세요."

"이야기를 들어 보니 자네 어머니도 자네를 많이 사랑하는 것처럼 느껴지는군. 내 어머니도 나를 무척 사랑하셨지. 그런데 나는 열 살 되던 해에 어머니와 헤어져야만 했다네. 어머니처럼 나 역시 동래현의 노비가 되어야 했기에 집을 떠날 수밖에 없었지. 어머니는 내가 노비라고 무시당해서 울고 있을 때면 항상 나를 따뜻하게 안아 주며 하늘의 별을 가리키셨지. 그러고는 그게 나라고 말씀하셨어. '별의 아이'. 어머니는 나를 '별의 아이'라고 부르면서 내가 어머니의 배 속에 있을 때 꾸었던 꿈 이야기를 해 주셨다네. 밝게 빛나던 북두칠성의 다섯 번째 별이 품 안으로 들어오는 꿈이었다며, 어머니는 항상 내가 하늘이 준 선물이라고 말씀하셨지. 어머니의 이야기를 들을 때면 친구들에게 무시당하고 맞았던 일들이 머릿속에서 모두 사라졌어. 오랜만에 어머니 이야기를 하니 더욱더 어머니가 보고 싶어지는군."

아저씨의 눈에 눈물이 글썽했다.

어린 나이에 사랑하는 가족과 헤어질 수밖에 없었던 아저씨가 불쌍했다.

엄마와 아빠가 자주 다투기는 하지만 그래도 나는 엄마 아빠와 함께 사는데…….

아저씨 이야기를 듣고 있으니 이상한 엄마, 이상한 아빠라고 했던 내 모습이 부끄러워졌다.

"그래도 나는 무언가를 고치는 게 재미있으면서도 즐겁기도 했지. 그리고 무엇보다도 내게 맡겨진 일에는 최선을 다했다네. 그게 똥지게를 지는 일이든, 아니면 공방의 물건을 수리하는 일이든 말이야."

"아저씨는 다른 사람들보다 손재주가 있으셨나 봐요?"

"손재주라? 나는 다른 사람들이 조금 더 편안하게 지냈으면 했네. 그래서 조금 더 생각하고 고민했지. 손으로 무얼 잘 만드는 것만이 손재주가 아니라, 다른 사람을 위한 넉넉한 마음 역시 손재주라고 할 수 있으니 말이야."

"그런데 아저씨는 어떻게 궁궐에 들어가게 되셨어요?"

"자네가 아까 말한 손재주 때문에 궁궐에까지 들어갈 수 있었다네. 그곳에서 이천 어른도 만나고 주자소에서 일도 하게 되었지. 밀랍 대신 녹지 않는 대나무를 활자 사이에 넣어 고정하는 방법으로 책을 인쇄하기도 했고 말일세."

"아저씨는 참 부지런하신 것 같아요. 그리고 꾸준히 연구하고 도전하시는 분 같아 보여요."

"나를 멋진 사람으로 봐 주어 고맙네. 노비 신분인데도 내 능력을 귀하게 여겨 준 사람들이 있어서 모든 것이 가능했지. 오히려 내가 더 감사할 따름이라네."

아저씨는 본인의 손재주를 자랑하거나 자신의 능력에 우쭐대는 사람이 아니었다.

자신의 능력을 펼칠 수 있게 해 준 모든 것에 감사하고 있었다.

"사람은 하지 못할 핑계를 찾는 것이 할 수 있는 이유를 찾는 것보다 더 쉽다네. 어떤 일이 맡겨질 때 이미 자신은 할 수 없다는 결정을 내린 후에 그 핑계를 찾는 경우가 많지. 이래서 할 수 없고, 저래서 실패할 것이다, 라고 결정짓지. 마음속에 도전할 용기는 사라져 버리고 핑계를 찾는 것에 몰두하게 되지. 나 역시 처음에는 내가 처한 상황과 문제를 이겨내 보고자 노력하는 용기가 없었으니까. 용기 없는 내 모습이 싫었지만, 용기 없음을 인정하고 싶지 않아 더 많은 이유와 핑계를 찾았다네. 잘못이나 책임을 다른 누군가에게 넘겨 씌울 수 있어야 내 마음이 편했기 때문이지. 하지만 지금은 생각이 바뀌었다네. 내가 처한 상황에서 방법을 찾고 노력한다면 얼마든지 좋은 결과를 만들어 낼 수 있다는 것을 알게 되었지."

아저씨가 하는 말을 듣고 있으니 할 수 없다는 핑계만 찾았던 내 모습이 생각났다.

조금 하다가 포기하고, 엄마 아빠 때문에 내가 못 하는 거라고 원망했었다.

나보다 더 힘든 삶을 살아온 아저씨가 하는 이야기라 더 마음에 와닿았다.

"그런데, 아저씨는 어쩌다가 이렇게 된 거예요? 음, 그게 아니고…… 어쩌다 이렇게 다치게 되셨는지를 여쭤 보는 거예요."

'어쩌다'라니?

지금 내가 장영실 아저씨에게 어쩌다 이렇게 되었냐고 물어보고 있다.

이런 바보 같은 질문이 어디 있담!

대한민국 사람이라면 모르는 사람이 없을 정도로 유명하잖아.

미국에 발명왕 에디슨이 있다면 우리나라에는 발명왕 장영실이 있다고 해도 과언이 아닌데, 그런 분에게 '어쩌다'라니…….

"좋은 옷을 입고 좋은 곳에서 자네를 만났어야 하는데, 참 미안하게 되었네."

"아닙니다. 이런 바보 같은 질문을 한 제가 더 죄송합니다."

"아닐세. 나는 1년 동안 명나라에 가서 공부도 했네. 그곳에서 여러 천문 기기들을 공부했지. 그리고 천문 관측기구인 혼천의를 만들었다네. 임금님은 조선 땅에서 조선의 하늘을 관측할 수 있게 되었다고 좋아하셨지. 그 후로 자동 물시계인 자격루를 만들고, 해의 이동과 그림자를 이용해 시각과 절기를 알려 주는 해시계인 앙부일구도 만들었지. 그리고 측우기를 만들어 정확한 비의 양을 잴 수 있었지."

맞다! 측우기! 교과서에서 봤던 것이 생각났다.

선생님은 측우기가 비의 양을 재는 도구로 세계 최초로 만들어졌으며 서양보다 무려 200년이나 앞선 것이라고 이야기하셨다.

선생님이 어찌나 강조하며 크게 이야기했는지, 옆에서 졸고 있던 창현이가 화들짝 놀랐던 기억이 난다.

미술 시간에는 페트병을 활용해 직접 측우기를 만들었다.

각 모둠별로 1.5L 페트병으로 측우기 본체를 만들고, 본체가 넘어지지 않도록 카프라를 연결해 바닥을 만들었다.

그리고 페트병에 눈금을 표시해 빗물의 높이를 잴 수 있도록 했다.

우리는 비가 오기만을 기다렸다.

저녁부터 비가 온다는 이야기를 선생님께서 해 주셨다.

그래서 집에 가기 전 우리가 만든 측우기를 앞 화단, 급식실 뒤편, 미끄럼틀 옆에 설치해 놓고 다음 날 페트병에 담긴 비의 양을 측정했던 기억이 난다.

"아저씨는 정말 손재주가 좋으시네요! 대단하세요!"

"이런 발명품들이 백성들의 삶을 더 낫게 해 주었다네. 나는 이것만으로도 내가 해야 할 소임을 다했다고 생각하네."

그동안 역사책에서 본 장영실은 여러 가지 도구를 발명한 멋진 인물이었다. 그래서 손재주가 남보다 뛰어나고, 천재적인 재능을 타고나서 모든 것을 뚝딱뚝딱 금세 만들었다고만 생각했다.

하지만 이야기를 나누면서, 백성들의 더 나은 삶을 위해 잠을 줄여 가며 노력한 아저씨의 모습에 감동했다.

"노비가 종삼품 대호군의 벼슬에까지 올라갔다면 누가 믿겠나. 이게 다 임금님의 은혜지. 하지만 내 실수로 임금님의 가마가 부서졌으니 이보다 더 큰 잘못이 어디 있겠나. 내 비록 임금님 곁을 떠나지만 우리 임금님은 백성들이 행복하게 사는 나라를 만들어 주실 거라 믿고 있다네."

한 번의 실수로 이렇게 매를 맞고 궁궐에서도 쫓겨났으니 얼마나 억울할까!

나 같았으면 억울해서 잠도 못 자고 왕을 원망했을 것 같은데, 아저씨는 오히려 자신을 쫓아낸 왕을 걱정하고 있었다.

가마가 부서진 게 아저씨의 잘못은 아니다. 일부러 그런 것도 아니고…….

한 번 실수한 것으로 이렇게까지 하는 것은 너무하다.

아저씨가 발명한 물건들이 사람들의 삶을 얼마나 편하게 해 줬는데!

장영실 아저씨가 없었다면 다들 예전처럼 힘들게 살았을 것이 분명한데. 고마움도 모르는 사람들 같으니라고!

"아저씨는 참 멋진 분 같아요. 아저씨의 발명품 덕분에 백성들의 삶이 좋아졌잖아요."

"나로 인해 백성들의 삶이 조금이라도 좋아졌다면 그것으로 충분히 의미 있는 인생을 산 것이라 생각하네. 자네도 그런 삶을 살기를 바라네. 밤이 늦었고 몸도 아파서 나 먼저 잠을 청하겠네. 내일 아침에 보세나."

"네, 아저씨. 먼저 주무세요."

아저씨는 잠을 자는 동안에도 끙끙대며 몸을 계속 뒤척였다.

옆에 앉아 안쓰러운 눈빛으로 아저씨를 바라보았다.

역사책에서 본 아저씨는 손재주가 뛰어나 높은 벼슬을 얻고, 해시계도 만들어 사람들이 편하게 살 수 있도록 도와주었다.

하지만 아저씨는 이런 것들을 자랑하지 않았다.

그저 왕의 은혜다, 포기하지 않고 열심히 노력했기 때문이라는 말만 하셨다.

그런데 나는 어떻지?

잘하면 내가 열심히 노력했기 때문이고, 못하면 엄마 아빠 때문이라고 항상 입에 달고 다녔다.

이런 거지 같은 집에서 태어났기 때문에 내가 이 모양 이 꼴이라고 생각한 적도 한두 번이 아니었다.

내가 꿈이 없는 것도, 공부를 못하는 것도 모두 환경 탓을 했다.

몸을 뒤척이며 잠을 자는 아저씨를 보며 이런저런 생각이 많아졌다.

머릿속이 복잡하다. 지금까지 생각해 보지 않은 것들이 머릿속을 가득 채워, 머리 안이 뒤죽박죽이 되었다.

갑자기 품 안에 품고 있던 빨간책 안에서 반짝반짝 빛이 난다.

빛이 나는 페이지를 찾아 책장을 넘기니 처음 보는 기호, Λ와 Ω가 그려져 있고 그 밑에 짧은 문장이 하나 쓰여 있었다.

Λ와 Ω
'시작이 있으면 끝이 있고 끝에는 내가 있다.'

'시작이 있으면 끝이 있고 끝에는 내가 있다?'

잠들어 있는 아저씨가 깰까 봐 나지막한 목소리로 책에 쓰여 있는 문장을 읽어 내려갔다.

마지막 글자를 읽는 순간 반짝반짝 빛나던 불빛이 눈이 부실 정도로 환하게 커지면서 내 몸을 감쌌다.

"어! 어! 으아악!"

밝은 빛이 사라지자 눈을 뜨고 주위를 살펴보았다.

방금 앉아 있던 방바닥도, 옆에서 주무시던 아저씨도 보이지 않는다.

지금 나는 의자에 앉아 있으며 눈앞에는 커다란 책상이 있고 주위에는 책들이 보인다.

과거로 가기 전, 내가 원래 있던 도서관이었다.

도서관에 있는 전자시계가 번쩍거리며 2시 50분을 나타내고 있었다.

　자리를 비웠던 사서 선생님이 언제 돌아왔는지 컴퓨터 앞에 앉아 계셨다.

　이게 무슨 상황인지 어리둥절한 나는 한참을 멍하니 의자에 앉아 있었다.

　눈알이 좌우로 위아래로 굴러가고, 머릿속은 복잡했다.

　이게 실제인지, 아니면 꿈인지 도무지 구분할 수 없었다.

　장영실 아저씨와의 대화가 너무도 생생해서 꿈이라는 생각이 들지 않았다.

　"동철아, 이제 방과 후 수업 들으러 가야지!"

　사서 선생님의 소리에 화들짝 놀라면서 정신이 번쩍 들었다.

　"아… 네……."

　주섬주섬 가방을 챙겼다.

　"맞다! 빨간책!"

　책상 위에 놓여 있는 빨간책이 다시 눈에 들어왔다.

　빨간책을 집어 들어 재빠르게 원래 있던 곳에 꽂아 놓았다.

　이 책을 빌려 가고 싶었지만 왠지 무서웠다.

　집에서 이 책을 읽으면 꼭 무슨 일이 벌어질 것만 같았기 때문이다.

아직도 정신은 멍하고 온몸은 오싹하다.

방금 있었던 일을 누군가에게 말하고 싶지만 아무도 내 말을 믿어 주지 않을 것만 같았다.

분명 친구들은 뻥치지 말라고 이야기할 것이고, 엄마와 아빠는 그럴 시간에 방에 들어가서 공부나 하라고 말할 것이 분명하다.

당분간은 나만 아는 비밀로 하는 게 좋을 것 같다.

2

1598년_ 노량해전의 이순신 장군

빨간책을 만나고 좋은 일이 생겼다.

어제 오랜만에 엄마 아빠와 웃으면서 저녁밥을 먹었다.

뭐 그런 것 가지고 좋은 일이라고 하느냐고 말할 수도 있겠지만, 우리 집에서는 정말 오랜만에 있는 경사스런 일이었다.

세 사람이 앉아 돈 이야기, 주식 이야기, 공부 이야기를 하지 않고 학교에서, 직장에서 있었던 일을 이야기하기 시작한 것이다.

그것도 상대방에 대한 비난이나 짜증 섞인 말이 아니라 안부를 묻고 걱정하고 격려해 주는 말이 오고 가는, 그런 따스한 상황이었다.

왜일까? 무엇 때문일까?

단 하루였지만 우리 가족이 여느 평범한 가족이 될 수 있었던 이유가 무척 궁금해졌다.

4월 5일인 어제를 돌아보았다.

평상시처럼 똑같이 일어나서 아침밥을 먹고, 엄마 아빠의 잔소리를 피해 재빨리 가방을 들고 학교로 향했다.

그리고 지루한 수학 수업이 언제 끝나나 시계를 다섯 번이나 쳐다봤다.

체육 시간에는 피구를 하는 동안 사력을 다해 우리 팀이 이기기 위해 이 한 몸을 바쳤다.

그리고 방과 후 수업을 받으러 갔고, 그다음에 집에 돌아왔는데…….

여느 때와 같았다.

다른 건 하나도 없었다.

잠깐……

빨간책!

빨간책이었다! 평소와 달랐던 게 하나 있었다.

바로 빨간책이었다.

방과 후 수업에 가기 전에 도서관에서 빨간책을 읽었고, 빨간책을 읽는 도중에 잠이 들었고……

그리고 한 아저씨를 꿈속에서 만났다.

그 아저씨를 만나고 나서 잠이 깼고, 엄마를 보자 안아 줬고 아빠에게 보고 싶었다고 말을 했다.

정답은 빨간책이었다.

평상시와 똑같았던 내 하루에 한 가지 변화를 준 사건은 바로 빨간책을 만난 일이었다. 빨간책을 만나고 하루가 변했다.

빨리 빨간책을 다시 만나야 했다.

8시 20분!

학교로 뛰어갔다.

정확히 말하면 도서관으로 뛰어갔다.

8시 30분에 도서관이 열리니 10분이면 충분히 1빠로 도서관에 들어갈 수 있다.

지금 내 머릿속에서 가장 중요한 것은 오늘 있을 체육 시간도 아니었고, 제출해야 할 수학 익힘 숙제도 아니었다.

빨간책이었다.

아싸! 1빠로 도착!

도서관 문을 열고 들어가서 어제 봤던 빨간책이 꽂혀 있던 서가로 향했다.

'이쯤에 꽂혀 있었는데……'

그런데 근처를 아무리 찾아봐도 빨간책이 보이지 않았다.

'이게 무슨 일이지. 어제 헛것을 봤나?'

어제 기억을 되살려 빨간책이 있던 위치 구석구석을 살펴보았다.

하지만 눈을 씻고 찾아봐도 빨간색 비슷한 책은 찾을 수 없었다.

도서관 서가를 쥐잡기하듯이 다 살펴보고 싶었지만, 친구들과 동생들이 도서관에 오는 바람에 그럴 수 없었다.

'진짜 귀신에 홀렸던 건가……'

아무런 소득도 없이 교실로 들어와 의자에 앉았다.

책은 펼쳐져 있는데 글씨가 하나도 눈에 들어오지 않는다.

'어디 갔을까?'

'그럼 어제 내가 본 그 책은 뭐지?'

'정말 꿈을 꾼 건가……'.

"동철아, 점심 먹고 축구 한 판 어때?"

"오늘은 안 돼! 밥 먹고 가 봐야 할 곳이 있어!"

"너, 지금 축구를 안 한다고 한 거야? 중요한 곳에 가나 보네?"

"엄청~ 중요한 곳이야."

"그게 어딘데?"

"도서관!"

"도서관?"

"그래, 도서관!"

"네가? 도서관을? 그것도 축구를 안 하고? 푸하하하, 말 같은 소리를 해야지 믿지!"

현서는 토끼 눈을 하며 나를 쳐다보았다.

마치 미친 사람을 쳐다볼 때처럼 놀라움과 안쓰러움과 걱정스러움이 섞인 눈빛이었다.

하지만 더 이상 현서와 이런 시덥지 않은 이야기를 나눌 시간이 없었다.

다른 애들이 오기 전에 빨리 도서관으로 가서 빨간책을 찾아야 했다.

계단을 두 칸씩 뛰고 축지법을 사용하면서 1분도 채 걸리지 않아 도서관에 도착했다.

빨간책이 꽂혀 있었던 자리로 한달음에 뛰어갔다.

아침과 마찬가지로 빨간책이 보이지 않았다.

주변 서가에 꽂혀 있는 모든 책들을 꼼꼼하게 살펴보았다.

하지만 표지가 빨간색인 책은 한 권도 없었다.

멍하니 의자에 앉아서 빨간책이 꽂혀 있던 자리에 시선을 고정했다.

그렇게 점심시간이 끝날 때까지 한참을 바라보았다.

오후 수업에 무엇을 배웠는지 하나도 생각나지 않는다.

눈은 칠판을 바라보고, 손은 연필을 잡고 있지만 머릿속은 온통 빨간책뿐이었다.

분명히 어제 봤던 빨간책을 오늘은 흔적조차 찾을 수가 없었다.

귀신이 곡할 노릇이다.

방과 후 수업을 가기 전에 마지막으로 한 번 더 빨간책을 찾기 위해 도서관에 들렀다.

터덜터덜 무거운 발걸음으로, 시선은 바닥으로 향한 채 빨간책이 꽂혀 있던 '900 역사' 서가로 향했다.

그리고 살짝 고개를 들어 서가의 4층을 바라보았다.

있었다!

빨간책이 있었다!

어제 꽂혀 있던 그 자리에 있었다!

하마터면 소리를 지를 뻔했다.

하지만 입을 꾹 다문 채 제자리에서 발만 동동 구르며 마음속으로 기쁨의 환호성을 질렀다.

두 손으로 빨간책을 소중하게 꺼내 든 채 의자에 앉았다.

"휴~~"

긴 한숨을 몰아쉬었다.

마음의 준비를 한 후에 책의 중간을 펼쳤다.

1598

오늘은 '1598'이라는 숫자가 흰 종이 위에 쓰여 있었다.

어제와 마찬가지로 '일오구팔'이라는 숫자를 읽었다.

팔이라는 마지막 숫자를 읽자마자 잠이 쏟아지기 시작했다.

몸에 힘이 빠지고 눈꺼풀은 천근만근이 되어 들어 올릴 수가 없었다.

얼마 지나지 않아 무거운 눈꺼풀이 한결 가벼워졌다.

주위를 두리번거리며 살펴보았지만 어떤 시대로 왔는지 전혀 감이 오지 않았다.

나무로 둘러싸인 공간도 이상하고 냄새도 이상한 곳이다.

어두워서 앞이 잘 보이지 않는다.

불을 켤 수 있는 스위치를 찾으려고 일어서는 순간 몸이 기우뚱 흔들린다.

"어, 어!"

콰당!

갑자기 땅이 움직였다.

몸을 가누기 어려울 정도로 땅바닥이 요동쳤다.

나무 바닥에 고꾸라지고 말았다.

"거기 누구냐!"

엄청나게 커다란 목소리가 들려왔다.

그리고 번쩍거리는 무언가가 나를 가리키고 있었다.

자세히 보니 기다란 칼이다.

게임에서만 보던 날카로운 칼이, 지금 내 눈 바로 앞에서 내 목을 겨누고 있다.

평상시에 이런 칼을 봤다면 감탄사 연발을 날렸겠지만 지금은 아니다.

신기해하고 기뻐할 그런 상황이 아니라는 것쯤은 나도 알고 있다.

칼이 지금 내 눈 바로 앞에 있다.

"살려주세요. 제발 살려주세요. 저는 착한 사람이에요! 도둑이 아니에요!"

코가 나무 바닥에 닿을 정도로 고개를 숙였다.

양손은 하늘 위로 올려 싹싹 빌었고, 입 밖으로는 살려달라는 말밖에 나오지 않았다.

몸은 사시나무 떠는 것처럼 떨렸고 눈에서는 닭똥 같은 눈물이 바닥으로 떨어졌다.

갑자기 이상한 곳에 온 것부터 무서운데, 날카로운 칼까지 눈앞에 있으니 미칠 지경이었다.

뭐가 어디서부터 잘못됐는지 모르겠다.

'오늘은 그냥 방과 후 수업을 들으러 곧장 갔어야 하는데……'

'재정이가 방과 후 가기 전에 스마트폰 게임 하자고 할 때 같이 할걸……'

오만 가지 생각이 머릿속을 스쳐 지나갔다.

죽고 싶지 않았다.

살고 싶었다.

죽기에는 아직 해 보지 못한 것들이 너무 많다.

여자친구도 아직 못 사귀어 봤는데 이대로 죽을 순 없다.

그리고 기탁이에게 빌려준 오천 원도 아직 돌려받지 못했다.

기탁이는 내가 죽으면 분명 그 오천 원을 우리 엄마나 아빠에게 돌려주지도 않을 것이 분명했다.

"고개를 들라!"

낮고 묵직한 목소리에 정신이 확 들었다.

아직도 손이 떨리고 온몸에서 식은땀이 흐르고 있다.

도저히 고개를 들 수가 없다.

고개를 들었다가는 눈앞에 있는 칼이 내 목으로 들어올 것만 같았다.

"고개를 어서 들라!"

조금 더 커진 목소리가 한 번 더 들려왔다.

여기서 고개를 들지 않으면 정말 큰일이 날 것만 같았다.

천천히 고개를 들었다. 긴장해서 굳어진 목 때문에 고개를 완전히 치켜들어 올릴 수 없었다.

하지만 지금 고개를 들어 앞에 있는 사람과 눈을 마주치지 않으면 오늘부로 내 인생은 끝날 것만 같았다.

심장이 그 어느 때보다 빨리 뛰고 있었다.

겨우겨우 고개를 들어 앞에 있는 사람을 바라보았다.

'뭐지? 웬 갑옷을 입고 있지? 그리고 수염은 왜 저렇게 길지.'

이런저런 생각이 머릿속을 스쳐 지나갔다.

하지만 갑옷을 입고 수염이 긴 남자가 나를 쳐다보고 있었기에 다시금 머릿속이 백지가 되었다.

도무지 이 상황이 이해되지 않고, 이 사람이 누군지도 모르겠으며, 내가 왜 여기 왔는지도 이해가 되지 않았다.

"여기 앉아 보거라."

"네……."

눈앞에 있던 번쩍이는 칼은 사라졌지만 여전히 몸이 계속 떨리고 있었다.

뇌에서는 몸을 떨지 말라는 신호를 주고 있지만 몸은 뇌의 명령을 따르지 않고 있었다.

뇌 따로 몸 따로가 된 상태였다.

꿇고 있던 양 다리가 나무판에 딱 달라붙어 있어서 도저히 일어날 수가 없었다.

하지만 지금 일어서지 않으면 눈앞에 있는 이 사람이 다시 무섭게 변할 것 같았다.

발로 일어설 수 없으면 손을 사용하면 된다.

두 발과 두 손을 사용해 바닥을 기었다.

그리고 눈앞에 있는 나무 의자를 양손으로 잡은 뒤 힘을 주었다.

아직도 다리에는 힘이 들어가지 않고 감각이 없지만 양손에 힘이 있기 때문에 그나마 다행이었다.

양손에 힘을 준 후 엉덩이를 들어 올려 의자 위에 올려놓았다.

휴~ 나도 모르게 안도의 한숨이 입 밖으로 새어 나왔다.

"그대는 누구인가?"

"저…는… 동철이…입니다."

"여긴 어떻게 들어왔는가?"

"아…… 음…그게…… 책을 읽다가 갑자기 여기로 오게 되었습니다. 사실 제가 여기에 어떻게 왔는지, 그리고 왜 왔는지 잘 모르겠습니다."

이렇게 말하는 동안 눈에 눈물이 가득 찼다.

금방이라도 왈칵 쏟아질 것만 같았다. 엄마가 보고 싶었다.

영영 집으로 돌아가지 못하면 어쩌나 하는 생각이 머릿속에 가득 찼다.

"눈에 눈물이 가득 찼구나. 무슨 슬픈 일이 있는가?"

"엉엉엉…… 엄마가 보고 싶어요. 그리고 집에 가고 싶어요."

"엄마라…… 나도 어머니가 보고 싶구나. 어머니가 돌아가시자 해가 캄캄하게 보이고 가슴이 찢어지는 것 같았지. 나도 어머니 뒤를 따라 빨리 죽기만을 바라고 있었단다. 못난 아들 보려고 오랫동안 배를 타고 오셨으니 얼마나 힘드셨을까. 어머니가 돌아가신 것은 모두 다 내 탓이었지."

까맣게 그을린 아저씨의 얼굴이 찡그려지면서 눈물이 밑으로 흘러내렸다.

무섭게만 보이던 아저씨가 지금 이 순간에는 불쌍해 보였다.

"아, 우리가 아직 통성명을 하지 않았구나. 나는 이순신이란다. 네 이름은 무엇이지?"

"네, 제 이름은 나, 동… 네? 이순신이요?"

"어허! 요놈 봐라! 어른의 이름을 그렇게 함부로 부르다니 버르장머리가 없구나!"

아저씨가 버럭 화를 내셨다. 몸이 움찔했다.

"죄송합니다. 아저씨 이름을 듣고 너무 깜짝 놀라서 그랬습니다."

"하하하. 이순신이란 내 이름이 그렇게 놀랄 만한 이름인가?"

"그럼요, 누구나 아저씨의 이름을 다 알고 있어요. 아저씨는 스타라고요! 스타! 킹왕짱 대스타요!"

내 눈앞에 이순신 장군이 앉아 있다는 것이 믿기지 않았다.

그리고 내가 이순신 장군과 이야기를 나누고 있다는 것을 알면 친구들 모두가 까무러칠 것이다.

이순신 장군이라니! 진짜 이순신 장군이라니!

얼마 전 수업 시간에 임진왜란에 대해 배웠다.

선생님은 임진왜란에 대해 설명하시면서 우리에게 몇 가지 퀴즈를 냈다.

"너희들, 우리나라 백 원짜리 동전에 있는 인물이 누구인지 아니?"

"세종대왕이요!"

"광개토대왕이요!"

친구들이 하는 말을 듣고 있노라니 한심하기 짝이 없었다.

세종대왕은 만 원짜리 지폐에 있는 인물이고, 광개토대왕은 뭐 우리나라 땅을 아주 넓게 만든 왕이기는 하지만 동전이나 지폐와는 상관없는 인물이다.

한심하다, 한심해.

역사 공부를 안 하니 이런 말도 안 되는 소리나 하고 있지.

"선생님! 이순신 장군입니다!"

자신 있게 손을 들고 말했다.

"정답! 그러면 여기서 하나 더 문제! 이순신 장군이 학익진을 사용해 일본 배 59척을 격파했던 전투는 어떤 전투일까요?"

"한산도대첩입니다!"

내가 손을 들려고 하는 순간에 병진이가 잽싸게 답을 이야기했다.

얄미운 병진이 같으니라구.

병진이는 내 라이벌이다. 역사 라이벌!

병진이는 《who? 한국사》 인물편 책 읽기를 좋아하고 역사 다큐멘터리 보는 걸 좋아한다.

그래서 역사 인물이라면 나만큼 많이 안다.

배울 것도 많지만 이럴 때 보면 정말 얄미운 녀석이다.

"오호~ 이번에는 병진이가 정답을 맞혔네. 동철이, 병진이 1대 1. 그러면 마지막 문제로 승패가 결정될 것 같은데? 마지막 문제 시작합니다. 이순신 장군이 12척의 배를 가지고 울돌목에서 크게 승리한 전투입니다. 이 전쟁의 승리로 정유재란이 새로운 전환점을 맞이하게 되었습니다. 이 전투의 이름은 무엇일까요?"

"정답! 임진왜란!"

갑자기 동욱이가 외쳤다.

"땡!"

"정답! 6·25 전쟁!"

"쟤는 맨날 이상한 소리만 하더라! 6·25 전쟁이 아닌 건 유치원 다니는 내 동생도 알겠다!"

6·25라고 크게 외쳤던 주현이를 보면서 영환이가 비웃으며 말했다.

영환이의 말에 친구들 모두 배꼽 잡고 웃었다.

뭐더라, 뭐더라……. 분명히 알고 있는데. 어제 분명히 책에서 읽었는데. 그 한 단어가 생각이 나지 않는다.

병진이를 바라봤다. 병진이의 입술이 살짝살짝 움직이고 눈동자가 좌우로 빠르게 요동치고 있었다. 다행이다.

병진이도 정확한 이름이 떠오르지 않는 것이 분명했다.

명, 명…… 명 뭔데. 명태, 명수, 명남, 명량, 명중.

맞다! 명량!

손을 높이 들고 큰 목소리로 외쳤다.

"정답! 명량해전!"

병진이를 바라봤다.

병진이는 안타깝다는 듯 아랫입술을 깨물고 아쉽다는 표정을 짓고 있었다.

"동철이 정답!"

정답이라는 선생님의 말에 안도의 한숨이 나오면서 순간 주먹을 불끈 쥐는 기쁨의 세레모니가 나왔다.

난 이순신 장군을 좋아하는 만큼 이순신 장군에 대해 모르는 게 없었다.

그런 이순신 장군과 지금 이야기를 나누고 있는 것이다.

"장군님, 왜군 함대를 발견했습니다!"

누군가 다급하게 이순신 장군을 찾았다.

동시에 배가 흔들리기 시작했다.

"쾅!"

"쾅!"

분명 폭탄이 터지는 소리가 틀림없었다.

배는 더 흔들렸다.

그렇지 않아도 속이 좋지 않았는데 배가 좌우로 흔들리니 속이 더 뒤틀렸다.

몇 번을 토했는지 모르겠다.

속을 다 비우고 나니 그제야 정신을 차릴 수 있었다.

하지만 이순신 장군은 보이지 않았다.

방 안은 고요했지만 밖에서는 폭탄 터지는 소리, 비명 소리, 다급하게 외치는 소리 등이 들려왔다. 큰일이 일어난 게 분명했다.

바깥 상황이 무척 궁금했다.

무서워서 발이 떨어지지 않았지만 바깥의 소리가 커질수록 궁금증도 더 커져만 갔다.

"이 전쟁은 조선의 백성들에게 큰 상처가 되었다. 전쟁이 끝난 후에도 평범한 삶으로 돌아가려면 수백 년이 걸릴지도 모른다! 남의 땅을 침략해 잔혹한 짓을 저지른 왜군을 절대 용서하지 않을 것이다! 싸워라! 물러서지 마라!"

방 안에서 봤던 인자해 보이는 이순신 장군이 아니었다.

얼굴은 비장해 보였으며 모두 쓸어 버리겠다는 무서운 표정을 짓고 있었다.

"탕!!"

"헉!"

쾅당!

"아버지! 아버지! 정신 차리십시오. 아버지!"

"으…… 싸움이 급하니, 빨리 방패로 나를 가려라……."

이순신 장군이 총에 맞은 것이 분명했다.

당당하게 서 있던 이순신 장군이 총소리와 함께 바닥으로 쓰러졌다.

"장군께 무슨 일이 있습니까?"

"아무 일 없다. 장군께서 속도를 늦추지 말고 계속 화포 공격을 하라 명하신다! 계속 공격하라!"

"아버님, 조금만 참으십시오. 왜군을 빨리 격파하고 의원에게 모시고 가겠습니다. 조금만 더……."

"지금까지 잘 싸워 왔다. 조금만 더 힘을 내면 우리 수군이 왜군을 물리칠 수 있을 것이다. 마지막까지 함께하지 못해 아쉽구나. 하지만 한평생 나라를 위해 살 수 있었으니 죽어도 여한이 없…구…나……."

"아버님! 아버님! 지금 돌아가시면 안 됩니다!"

"전쟁이 끝날 때까지, 나의 죽음을 적에게… 알리지… 마라……. 조선이 승리하는 것을 내 눈으로 보지 못한 것이 안타까울 뿐이다."

더 이상 이순신 장군의 목소리가 들리지 않았다.

'이순신 장군이 돌아가신 전쟁이 뭐였더라. 그… 한산도대첩도 아니고, 명량해전도 아니고, 그, 그, 뭐였더라. 맞다! 노량해전!'

수업 시간에 집중해서 선생님 말씀을 들은 보람이 있었다.

이순신 장군의 죽음에 관한 내용을 책에서도 읽은 적이 있다.

책에는 이순신 장군이 노량해전에서 전사했다고 쓰여 있었으며 많은 사람들이 이순신 장군의 시신이 옮겨질 때 통곡하며 슬퍼했다고 한다.

이순신 장군이 죽는 것을 내 눈앞에서 보다니 믿기지 않았다.

조선을 살렸지만 자신의 목숨은 잃은 이순신 장군을 생각하니 눈물이 쏟아진다.

이순신 장군에 관한 내용을 책에서 봤을 때는 이렇게까지 슬프거나 마음이 아프지 않았다.

하지만 지금 이 순간은 다르다.

나라를 위해 본인의 목숨까지 바친 용기를 보니 온몸에 전율이 흘렀다.

이순신 장군의 죽음을 슬퍼할 겨를도 없이 가슴에 품고 있던 빨간책이 여지없이 반짝반짝 빛나기 시작했다.

빛이 나는 페이지를 찾아 책장을 넘기니 어제 봤던 그림과 글씨가 쓰여 있는 그 페이지였다.

Λ와 Ω
'시작이 있으면 끝이 있고 끝에는 내가 있다.'

시작이 있으면 끝이 있고 끝에는 내가…… 마지막 낱말을 마저 읽을 수가 없었다.

죽음을 눈앞에서 바라본다는 것이 이렇게 슬픈 일인 줄은 몰랐다.

함께 눈물 흘리며 슬퍼하고, 위로해 주고 싶었다.

그것이 사람으로서 마땅히 해야 할 바른 행동임을 알고 있었다.

하지만 나는 이 시간과 공간의 사람이 아니니까, 원래 내가 있던 곳으로 돌아가야 한다는 것을 잊으면 안 된다.

"있… 다……."

나지막한 목소리로 마지막 글자를 읽어 내려갔다.

마지막 글자를 읽는 순간 반짝반짝 빛나던 불빛은 눈이 부실 정도로 환하게 커지면서 내 몸을 감쌌다.

불빛이 사라지자 살며시 눈을 떴다.

도서관이었다.

전자시계는 2시 50분을 가리키고 있었다.

어제와 마찬가지로 꿈인지 실제인지 구분이 잘 가지 않는다.

하지만 확실한 것은 내 두 눈에 눈물이 가득하다는 사실이다.

나는 울었고, 여전히 슬픔이 마음을 한가득 채우고 있었다.

내 마음이 슬픈 것으로 보아 이순신 장군을 만났다는 것이 꿈은 아닌 게 확실했다.

3

1791년_귀가 밝은 임금님, 정조

오늘도 엄마 아빠의 목소리가 커진다.

티격태격하는 목소리가 내 방에까지 들려온다.

예전 같았으면 엄마와 아빠가 싸우는 소리에 짜증이 머리끝까지 치밀어 오르고, 자식이 옆에 있는데 신경도 써 주지 않는 모습이 못마땅했을 것이다.

그럴 거면 둘이 결혼을 하지 말든가, 아니면 둘만 살지 왜 나를 낳았느냐고 불만과 짜증 섞인 말로 대들었을 게 분명했다.

하지만 이런 생각은 얼마 전에 할머니가 내게 해 주셨던 이야기 때문에 바뀌었다.

할머니는 나에게 누나가 있었다는 이야기를 잠깐 하셨다.

내가 아주 어릴 때 누나가 갑작스럽게 죽었고, 그 일로 큰 상처를 받은 엄마 아빠는 그날 이후로 다투는 날이 많아졌다고 했다.

나는 지금까지 외동인줄 알고 살아왔는데 누나가 있었다니……. 깜짝 놀랐지만 자세한 이야기는 더 들을 수 없었다.

엄마가 방에 들어오자 할머니께서 하던 이야기를 바로 멈췄기 때문이다.

할머니는 두 눈을 찡끗 감았다 떴다. 자세한 이야기는 다음에 해 주겠다는 우리들만의 신호였다.

누나가 죽었고 그 일로 두 분이 받은 상처를 생각하니 짜증의 대상이었던 엄마 아빠가 불쌍해 보였다.

전부는 아니었지만 그동안 엄마 아빠가 했던 행동들이 조금은 이해가 되었다.

엄마 아빠의 다툼에 지금까지 그저 짜증만 냈지, 두 분의 마음 속에 어떤 상처가 있는지 알지 못했다.

하지만 새로운 경험과 사실들이 내 생각을 조금씩 바뀌게 했다.

그 중심에는 빨간책이 있었다.

빨간책 안에서 장영실 아저씨와 이순신 장군을 만나, 엄마 아빠가 내 옆에 있다는 사실 자체에 감사하게 되었다.

나에게 비싼 것을 사 주고, 좋은 곳을 데려다 주고, 맛있는 음식을 만들어 주지 못하더라도 내 엄마 아빠라는 사실 자체에 가슴이 뭉클했다.

그리고 장군 이순신이 아닌 아버지 이순신의 죽음을 슬퍼하는 아들의 모습을 보면서, 죽는다는 것에 대해 생각해 보았다.

지금까지 이런 진지한 생각은 전혀 나와는 맞지 않았다.

그저 어떻게 하면 축구나 피구 시간에 친구들을 이길 수 있을까, 읽고 싶은 책들을 원 없이 읽을 수 있는 방법은 없을까 등과 같은 단순한 생각뿐이었다.

하지만 빨간책에서 만난 아저씨들은 내 생각이 깊어질 수 있도록 해 주었다.

빨간책을 읽고 싶었다.

빨리 빨간책을 펼쳐서 안으로 들어가고 싶었다.

어디로 갈지, 누구를 만날지 두렵기도 하지만 빨간책은 그런 두려움을 잊어버릴 만큼 나를 바꿔 놓고 있었다.

이제는 어떻게 하면 빨간책을 만날 수 있을지 알기에 마음이 편했다.

아침에 느긋하게 학교에 등교하고, 4교시까지 교실에서 마음 편히 친구들과 지내다가 점심시간에 배부르게 밥을 먹고 6교시가 끝날 때까지 기다리면 된다.

그리고 방과 후 수업에 가기 전에 자연스럽게 도서관에 들르면 끝!

빨간책은 900 역사 서가 4층에서 나를 기다리고 있을 것이다.

오늘은 6학년 선생님들이 단체로 출장을 가신다고 점심시간을 10분 단축해서, 6교시 수업이 10분 일찍 끝났다.

친구들은 교실에서 놀다가 방과 후 수업에 가거나, 방과 후 수업을 하는 교실 앞에서 기다렸다가 시간이 되면 교실로 들어간다고 했다.

나는 고민할 필요가 없었다.

내가 가야 할 곳은 이미 정해져 있었기 때문이다.

'아싸! 오늘은 10분이나 일찍 빨간책을 만날 수 있겠다!'

차 조심! 길 조심! 사람 조심!

친구들아 안녕!

선생님도 안녕히 계세요!

인사가 끝나자마자 재빨리 뒷문으로 뛰어가 후다닥 도서관으로 향했다.

친구들이 내가 도서관에 간다는 사실을 알면 언제부터 책을 그렇게 좋아했느냐고 의아해할 것이다.

그리고 "동철이 네가?", "축구가 아니라 책을?"이라고 하면서 놀릴 게 분명했다.

하지만 나는 책을 좋아한다.

사실 책을 좋아한다기보다는 책을 읽으면서 지금의 복잡한 생각들을 잊어버리는 것을 좋아한다.

책을 읽는 순간만큼은 부모님의 잔소리, 다툼, 이혼에 대한 걱정 등을 모두 잊을 수 있다.

그래서 친구들에게 어디로 간다는 말도 하지 않고, 눈에 띄지 않게 벌처럼 날아가 나비처럼 조용히 움직였다.

2시 40분!

900 서가 4층을 바라보았다.

그런데 빨간책이 보이지 않는다.

그곳에 꽂혀 있어야 하는 빨간책이 보이지 않아 서가 3층과 2층도 살펴봤다.

역시나 없다.

'분명히 여긴데, 이상하다.'

빨간책이 있던 근처를 여기저기 살펴보기도 하고 책들을 빼서 확인해 보기도 했지만 빨간책만 눈에 띄지 않는다.

그렇게 10분이 흐르고 전자시계는 2시 50분을 나타냈다.

그 순간 그렇게 찾았던 빨간책이 서가 4층에 떡하니 있는 게 아닌가!

분명히 100번은 더 찾아봤던 곳이었는데 이제야 눈앞에 나타났다.

재빨리 빨간책을 꺼내 서가 옆에 있는 책상에 올려놓았다.

그리고 의자에 편하게 앉은 후 빨간책 사이로 왼쪽 엄지손가락을 밀어 넣었다.

1791

오늘은 1791이다.

신기하게 매번 빨간책을 펼칠 때면 다른 네 자리 숫자가 나타난다.

경험상 책에 쓰여 있는 숫자가 내가 가게 될 시대라는 것을 직감적으로 알게 되었다.

숨을 깊게 들이마셨다.

심호흡을 크게 한 뒤 책에 쓰여 있는 숫자를 읽었다.

일, 칠, 구, 하나.

눈꺼풀이 점점 무거워지고 정신이 몽롱해졌다.

불현듯 1년 전에 맹장 수술을 했던 기억이 떠올랐다.

그때 수술을 하기 전에 간호사 누나가 링거에 주사를 꽂으면서 열까지 세면 잠이 들 거라고 했다.

간호사 누나의 말이 정말일까 궁금했다. 그래서 숫자를 세기 시작했다.

하나, 둘, 셋, 네엣, 다……섯.

그리고 기억이 나질 않는다.

빨간책에 써 있는 숫자를 읽은 후에 나에게 일어나는 일들이 그때의 몽롱했던 때와 비슷했다.

천천히 눈을 뜬 후에 주위를 한번 둘러보았다.

다행이다.

새롭게 도착한 이곳은 춥지도 않고 덥지도 않았다.

갑자기 다른 시대로 왔는데 춥거나 더운 것만큼 힘든 것이 없다.

어떤 일이 벌어질지 모르는 불안감이 가득한데, 거기다 날씨까지 좋지 않으면 정말 집으로 돌아가고 싶어진다.

하지만 오늘은 아니다.

날씨가 좋아서 그런지 불안감도 느껴지지 않는다.

주위가 시끄럽다.

사람들이 많고 화기애애하다.

시끌벅적 이야기를 나누는 사람들의 표정이 모두 좋다.

"맛있고 달콤한, 방금 쪄 온 떡이 있습니다!"

"튼튼한 그릇입니다. 싸고 질도 좋습니다!"

"중국에서 가져온 멋진 옷감입니다. 이 옷감으로 옷을 만들어 보세요!"

물건을 파는 사람들의 외침이 들리는 것으로 보아 이곳이 시장이라는 것을 알 수 있었다.

사람들의 목소리, 걸음걸이, 표정, 모두 다 활기차고 기분 좋아 보인다.

오랜만에 내 마음도 편하고 좋다.

이런 여행이라면 백 번이라도 하고 싶다.

화살이 날아다니거나 싸움이 일어나는 것도 아니고, 두려움에 벌벌 떨어야 하는 것도 아니기에 이번 여행은 더 기대가 된다.

"누구 마음대로 여기서 장사를 해! 당장 치우지 못해!"

잠시 평화로움을 즐기고 있던 찰나에 누군가 화를 내며 소리를 지른다.

짧은 순간 편안하게 누렸던 평화로움이 깨져 버렸다.

이럴 때일수록 정신 바짝 차려야 한다.

괜히 이상한 일에 잘못 엮였다가는 두드려 맞거나, 심할 경우에는 잡혀 가서 고문을 받을 수도 있다.

그렇게 되면 내가 어디서 왔는지 계속 물어볼 테고, 저기 먼 미래에서 왔다고 하면 아무도 믿지 않을 것이 뻔하다.

그리고 품속에 보관하고 있는 책을 뺏기기라도 한다면…… 생각만 해도 끔찍하다.

집으로 돌아갈 수도 없고 이 시대에서 그냥 살다가 죽을 수밖에 없다.

이럴 땐 잠시 한 발짝 떨어져서 지켜보는 게 상책이다.

"좋은 말로 할 때 빨리 장사를 그만두는 게 좋을 게요!"

"아니, 왜 이러십니까?"

"우리에게 허락도 받지 않고 이러면 안 되지!"

"허락이라니요? 물건을 파는데 무슨 허락을 받아야 합니까?"

"허허, 이 사람 보게. 말로 해서는 안 되겠군! 모두 부숴 버려!"

"그만들 두시오. 이건 내 전 재산이오."

"아이고, 이렇게 다 부수면 우리는 뭐 먹고 살라고 그러는 거요. 제발 그만 좀 하시오."

우당탕탕!!

여러 사람이 우르르 몰려들어 나무 상자 위에 있던 그릇들을 바닥으로 던져 버렸다.

누군가 도와주면 좋으련만, 아무도 가까이 가지 않고 보기만 하고 있다.

자신의 그릇들을 지키기 위해 온몸으로 막고 있는 부부의 모습이 안타까웠지만, 나 역시 그를 섣불리 도와줄 수가 없다.

미안하지만 그냥 바라볼 수밖에 없었다.

시장에 있는 많은 사람들은 그릇이 모두 깨지는 과정을 지켜만 보고 있었다.

서로의 눈치만 볼 뿐 누구도 쉽사리 나서지 않았다. 아니, 나설 수가 없었다.

"여보게들, 그만두게!"

좋아 보이는 한복을 입고 커다란 둥근 모자를 쓴 한 남자가 그릇을 깨고 있는 남자들을 향해 단호하게 소리쳤다.

"그럴 수 없습니다. 이곳에서는 시전 상인이 아니면 장사를 할 수 없습니다. 어르신들! 금난전권이라고 아시지요? 저자처럼 아무 곳에서나 장사하려는 난전 상인을 막을 수 있는 권한이 우리 시전 상인들에게 있습니다."

"그래도 사람을 이렇게 때리고 그릇들을 모두 깨 버리면 안 되지 않는가!"

"저희도 어쩔 수 없습니다. 이렇게라도 하지 않으면 계속해서 장사하는 사람이 늘어만 갑니다. 그러면 저희도 물건을 파는 데 손해를 보게 되고, 당연히 나라에 내는 세금도 제때 낼 수 없게 됩니다. 이런 저희 사정을 이해해 주셨으면 합니다. 저자들에게 충분히 이곳의 규칙을 알려 준 것 같으니 그러면 저희는 이만 가 보겠습니다."

비단으로 만든 멋진 옷과 커다란 갓을 쓴 사람들이 저들을 혼내 주면 좋으련만 그들은 그렇게 하지 않았다.

그래도 주위에 있던 사람들이 아무도 도와주지 않을 때 저들이 말이라도 함께 해 줘서 그릇이 모두 깨지는 일은 막을 수 있었다.

'금난전권', '시전 상인', '난전 상인' 등 알 수 없는 말들이 가득했다.

평소에 역사책을 많이 읽었다고 자부했는데 오늘 저 사람들이 하는 말은 잘 이해할 수 없었다. 집으로 돌아가면 《Who? 한국사》 시리즈를 모두 꺼내서 다 읽어야지…….

그릇을 깨던 사람들이 하는 이야기가 정확히 무슨 말인지는 알 수 없었다.

하지만 사람을 때리고 물건을 부수어도 당당할 수 있던 이유가 그들이 말한 저 단어들 때문이라는 것은 확실했다.

시장에서 장사를 할 수 있는 사람은 자신들이고, 장사를 하기 위해서는 누군가에게 허락을 받아야 한다는 말이었다.

"원래 육의전에서는 시전 상인들만 물품을 판매할 수 있도록 나라에서 보장해 주었습니다. 그것이 금난전권입니다."

"나도 알고 있네. 시전 상인들이 금난전권을 통해 얻은 이윤에서 국가가 세금을 걷어 우리 조선의 경제를 발전시켜 왔던 것 아닌가."

"맞습니다. 하지만 근래 들어 물건을 사고파는 사람이 늘어났습니다. 시전 상인들만으로 이를 다 감당하지 못하는 상황에 이르게 되었고, 많은 사람이 이곳저곳에서 필요한 물건을 사고팔게 되었습니다."

"시전 상인들은 자신들 외에 물건을 파는 사람이 늘어나면 손해를 보게 되겠군?"

"그렇습니다. 그래서 시전 상인들은 물건을 파는 독점권을 빼앗기지 않으려고 '금난전권'을 이용해 물건을 사고파는 것을 억누르고 있습니다."

하얀 수염이 길게 난 할아버지와 검은 수염이 중간 정도 자란 아저씨가 하는 이야기를 귀를 쫑긋 세우며 들었다.

두 사람이 하는 이야기를 들어 보니 대충 지금 상황이 이해되었다.

그릇을 던지고 물건을 부수던 사람들이 시전 상인들이고, 억울하게 맞고 있던 사람은 시전 상인이 아니라 그냥 물건을 파는 난전 상인이었다.

그들이 사람을 때리고 물건을 부수고도 당당할 수 있었던 이유는 '금난전권'이라는 무슨 권리같은 것이 있기 때문이라는 것을 알게 되었다.

'그렇다고 해도 사람을 저렇게 때리고 물건을 막 부숴도 되는

건가. 경찰들은 저 나쁜 사람들 안 잡아가고 왜 가만히 있는 거지?'

"그러면 금난전권을 없애면 되지 않겠나?"

"그렇게 되면 조정과 관아에서 필요한 물건을 비싼 값에 사야 합니다. 또한 물건을 사고파는 상인이 많아져 시장의 질서가 어지러워질 수 있습니다."

"음⋯⋯ 내 생각은 조금 다르네. 상인이 늘어나면 그들끼리 더 좋은 물건을 더 싸게 팔도록 경쟁을 할 것 아닌가? 그러면 백성들은 싼값에 더 좋은 물품을 구입할 수 있을 것이고, 그렇게 사고파는 행위가 늘어나면 상인들이 조정에 내는 세금도 자연스럽게 늘어날 것 아니오."

가운데에서 이야기하는 저 아저씨의 말이 맞다.

내가 지금껏 가지고 있던 궁금한 점들을 저 아저씨가 한 방에 해결해 주었다.

상인이 늘어나면 백성은 물건을 싸게 살 수 있을 것이고 국가는 세금을 더 많이 걷을 수 있게 된다.

백성, 상인, 국가 모두가 이익이 되는 것이다.

길지 않은 시간을 생각한 나에게도 이렇게 명확한 결론이 나오는데, 나라를 다스리는 왕이나 관리들은 그동안 왜 이런 생각을 하지 못했는지 도무지 이해가 되지 않았다.

'내가 이렇게 똑똑하다니. 그러면 이참에 내가 왕이나 되어 볼까……? 그러면 지금의 왕보다 더 나라를 잘 다스릴 수 있을 것 같은데 말이야. 하하~'

"전하, 하지만 금난전권을 폐지한다면 반발이 거셀 것이옵니다."

왕이 된다는 상상에 빠져 혼자 웃고 있는데 갑자기 '전하'라는 말이 귀에 쏙 들어온다.

전하? 전하라고?

전하라는 말은 왕에게 쓰는 말인데! 그렇다면 저 사람이 왕이란 말인가!

왕은 궁궐에 있어야 하는 것 아닌가?

그런데 왜 사람들이 많은 시장에 있는 거지?

저 아저씨는 평소 내가 생각하고 있었던 왕의 모습이 아니었다.

왕은 멋진 용이 그려진 기다란 옷을 입고 많은 신하들이 있는 높은 곳에 앉아 있어야 하는데, 이 사람은 평범한 옷을 입고 동그란 갓을 쓰고 있었다.

아무리 봐도 왕 같아 보이지 않았다.

그래서 더욱 귀를 쫑긋 세우고 그들이 나누는 이야기를 들어

보았다.

"금난전권 폐지에 대해서 자네는 어떻게 생각하는가?"

"네, 전하. 제 생각을 말씀드리겠습니다. 금난전권으로 인해 시전 상인들이 난전을 막고 백성들에게 비싼 값으로 물건을 팔아 막대한 이익을 챙기고 있습니다. 여기서 발생한 이익은 자신의 뒤를 봐주는 많은 권력자들의 배를 불리고 있지요. 그래서 이렇게 폭력을 행사하더라도 아무 처벌을 받지 않는 것이옵니다."

"시전 상인들에게 뇌물을 받는 자들이 많다는 말이렷다?"

"송구스러운 말이지만 그렇사옵니다."

"자네의 말을 들으니 더더욱 금난전권을 폐지해야 한다는 생각이 드는구나."

"그렇게 되면 많은 백성들이 장사할 수 있게 되고, 좋은 물건을 싸게 살 수 있을 것이옵니다. 결국 백성들의 생활이 더 나아지겠지요."

'참으로 좋은 왕이구나!'

이 사람들이 하는 이야기를 들으면서 몇 번이나 무릎을 탁 쳤는지 모르겠다.

'금난전권'이라는 이름으로 백성들을 힘들게 하는 나쁜 사람들을 찾아내는 것에 놀랐고, 또 백성들을 사랑하는 그 마음에 또 한 번 놀랐다.

이 왕이 어떤 왕인지 몹시 궁금해졌다.

하지만 외모와 말투를 봐서는 도무지 누구인지 알 수 없었다.

그렇다고 직접 가서 물어볼 수도 없는 상황이다.

왕 옆에는 키가 크고 덩치가 좋은 사람 둘이 떡하니 서 있었기 때문이다.

다른 사람들은 보지 못한 것 같지만 나는 그들의 허리 옆에 매달린 칼집을 보았다.

분명 칼집 안에는 잘 길들여진 날카로운 칼이 들어 있을 것이다.

왕이 이렇게 사람들이 많은 시장으로 나왔으니 더더욱 매의 눈을 하고 주위를 경계하고 있는 것이 보였다.

시선은 정면을 보고 있지만 눈동자는 좌우로 계속 움직이고, 손은 계속 칼집을 잡고 있었다.

왕에게 가까이 다가오는 사람들은 그 누구든지 날카로운 칼로 베어 버릴 기세였다.

집에 있을 때 내가 즐겨 읽던 역사 만화책이 있다.

《무사 백동수》라는 제목의 역사 만화다.

당시 정조는 친위부대인 장용영을 만들었다.

장용영은 정조가 직접 만든 최정예 부대로 무과 시험에서 선발된 사람들로 구성되었다.

그 안에서도 이름을 떨친 인물이 바로 백동수다.

날카로운 눈매를 가진 저 사람은 꼭 역사 만화책에서 봤던 백동수처럼 생겼다.

정말로 저 사람이 백동수라면 내가 왕에게 다가가는 순간 그의 칼날이 내 목으로 날아올 것이다.

그러면 나는 집으로 돌아가지도 못하고 그대로 죽게 될 것이 뻔했다.

생각만 해도 끔찍하다. 이럴 때는 움직이지 않고 귀만 쫑긋 세우고 조용히 그들이 하는 말을 듣는 것이 가장 좋은 선택이다.

그래도 다행인 것은 별로 멀리 떨어져 있지 않기에 그들이 하는 이야기를 모두 또렷하게 들을 수 있었다는 점이다.

집에 돌아가면 지금 나와 같이 있는 저 왕이 누구인지 꼭 찾아봐야겠다.

백성을 사랑하는 마음도 멋있고, 신하들의 거센 반대에도 기죽지 않는 그 당당함이 멋있다.

양쪽의 이야기를 잘 듣고 바른 판단을 하려는 자세도 배울 만하며 자신이 생각하는 옳은 뜻을 굽히지 않는 용기도 마음에 든다.

말 몇 마디 들은 것뿐이지만 정말 배울 게 많은 왕이다.

그들이 하는 이야기를 더 듣고 싶었지만 가슴에 품고 있던 빨간책이 갑자기 반짝거리기 시작했다.

집에 돌아갈 시간이다.

여기서 더 시간을 낭비했다가는 영영 집으로 돌아가지 못할 것을 알기에 사람이 없는 곳으로 이동해서 빨간책을 펼쳤다.

∧와 Ω
'시작이 있으면 끝이 있고 끝에는 내가 있다.'

마지막까지 왕이 어떤 이야기를 하는지 듣고 싶어 귀는 이야기의 방향으로 쫑긋 세우고 입은 빨간책에 쓰여 있는 글자를 읽어 내려갔다.

만약 여기서 이 글자를 나만 읽는 게 아니라 다른 사람들도 함께 읽는다면 어떻게 될까?

글자를 읽는 사람들은 모두 내가 사는 세상으로 이동하게 될까?

아니면 시간의 이동 공간에 오류가 생겨 다시 내가 사는 곳으로 영영 갈 수 없게 되는 것일까?

시간 여행을 몇 번 해 보니 이런저런 생각이 많아졌다.

하지만 시도해 보고 싶지는 않았다.

집으로 돌아가지 못하고 이곳에서 살다가 죽는, 그런 최악의 상황이 머릿속에 떠올랐기 때문이다.

강한 빛이 잠잠해지자 천천히 감았던 두 눈을 떴다.

오늘도 어김없이 시계는 2시 50분을 나타내고 있었다.

두리번거리며 주위를 살펴보았지만 역시나 나 외에는 아무도 없었다.

머릿속은 복잡했지만 과거에서 만난 왕과 신하들이 했던 이야기는 선명하게 기억에 남아 있다.

다른 사람의 이야기를 진지하게 듣는 것은 쉽지 않다.

물론 듣는 척은 할 수 있지만 그 사람의 눈빛과 태도를 보면 진짜 듣고 있는지 대충 듣고 있는지 금세 알 수 있다.

그렇다면 나는 어떤 사람인가?

엄마와 아빠가 하는 이야기를 어떻게 듣고 있었는지 곰곰이 생각해 본다.

두 분이 내게 하는 말을 잔소리로만 여겼다.

시대에 뒤떨어지는 꼰대 같은 말만 한다고 문을 쾅 닫고 방으로 들어가기 일쑤였다.

듣기가 싫었고, 들은 대로 행동하는 것은 마치 꼭두각시가 되는 것처럼 느껴져서 더더욱 반대로 행동했다.

또 내 생각을 이야기하면 엄마 아빠와 싸울 것만 같아서 말조

차 꺼내지 않았다.

당연히 대화다운 대화가 이루어질 리가 없었다.

하지만 오늘은 엄마와 아빠랑 이야기 좀 해 봐야겠다.

일단 두 분이 말을 할 때 어떤 이야기를 하시는지 끝까지 들어 봐야겠다.

다 들은 후에 다시 내 생각을 말하고, 또 내게 어떤 이야기를 하는지 들어야겠다.

그래야 진짜 대화를 할 수 있을 것만 같았다.

그래! 오늘은 엄마 아빠와 대화하는 날로 정했다.

대화 중간에 기분이 상하더라도, 끼어들어 이야기하고 싶더라도 참아야 한다.

끝까지 다 들은 후에 내 생각을 말해야겠다.

쉽지는 않겠지만 한번 해 봐야지.

당시에 하늘과 같이 높다고 여겨지는 왕이라는 사람도 신하들의 이야기를 끝까지 들었는데, 평범한 내가 그렇게 할 수 없다는 게 말이 되지 않는다.

일단 묻지 말고 고!

아, 참! 그런데 그 왕 아저씨가 누굴까?

그 착한 왕 아저씨가 누군지 궁금했다.

엄마, 아빠와 이야기를 좀 나눠 봐야지, 라는 생각을 하게 해 준 그 착한 왕 아저씨의 이름 정도는 알고 있어야 하지 않겠는가.

태조 이성계? 아니면 세종대왕? 그것도 아니면 영조? 정조? 집에 도착하자마자 바로 집에 있던 《조선왕조실록》 책을 꺼냈다.

그리고 한 장 한 장 넘기면서 왕 이름을 살펴봤다.

분명히 빨간책 안에서 왕과 신하들이 이야기를 나눌 때 '금난전권'이라는 단어가 계속 나왔다. 그것을 없애느냐 아니면 계속 유지하느냐는 것이 이야기의 주제였다.

눈에 불을 켜고 금난전권이라는 낱말을 찾아보았다.

여기도 없고, 또 여기도 없고, 다음 페이지에는…… 있다! 여기에 있다!

'금난전권'이라는 낱말이 눈에 확 들어왔다.

이 페이지에 쓰여 있는 왕의 이름은 '정조'였다.

규장각 완성, 금난전권 폐지, 장용영 설치, 수원 화성 완공 등 여러 업적이 책에 쓰여 있었다.

빨간책에서 만난 그 착한 왕은 조선 최고의 성군이라 불리는 정조였던 것이다.

이럴 줄 알았으면 정조 임금님이 어떻게 생겼는지 자세하게 볼 걸 그랬다.

무섭게 생긴 아저씨들 때문에 정조 임금님의 얼굴을 자세히 보지 못했던 게 후회가 된다.

빨간책이 다시 한번 정조 임금님이 있는 그 시대로 나를 데려 갔으면 좋겠다.

그러면 궁금한 것도 이것저것 물어볼 텐데.

단, 칼을 들고 있던 무섭게 생긴 아저씨들 말고 정조 임금님만 만나고 싶다.

4

1797년_금강산과 거상 김만덕의 꿈

도서관에서 알립니다.

6월 21일~6월 25일. 도서관 공사로 인해 개방하지 않음.

일주일을 기다려야 한다.

예전 같았으면 도서관이 개방하든 하지 않든 그건 내게 중요하지 않았다.

도서관은 복도 옆에 자리 잡은, 그저 책을 읽는 단순한 공간일 뿐이었다.

하지만 지금은 다르다.

도서관은 내가 매일 설레는 마음으로 들르는 곳이며 오늘은 또 어떤 마법이 일어날지 한껏 기대하게 만드는 신비한 장소다.

그런 곳을 일주일 동안 갈 수 없다고 생각하니 벌써부터 가슴이 답답해진다.

도서관, 정확히 말하면 도서관에서 만난 빨간책으로 인해 내 삶이 조금씩 바뀌고 있었다.

물론 한 번에 모든 것이 스펙타클하게 변화된 것은 아니다.

여전히 엄마 아빠는 서로에게 짜증을 내고, 나는 두 분의 행동을 이해하지 못하고 버럭 화를 낸다.

엄마 아빠 두 분 사이에 일어나는 일은 내가 어떻게 할 수 없다.

하지만 내가 두 분에게 버럭 하는 태도는 예전에 비해 많이 줄었다.

빨간책에서 만난 인물들의 모습을 보면서 내 말과 행동이 조금씩 바뀌었기 때문이다.

이런 내 모습이 엄마 아빠에게 전해졌는지, 두 분도 서로에 대한 짜증과 비난보다는 이해하고 격려하려는 모습이 전에 비해 늘어났다.

이런 놀라운 일들이 불과 며칠 사이에 일어났다.

일주일간 빨간책을 만나지 못하는 것은 그나마 기다릴 수 있다.

하지만 더 큰 걱정은 일주일 뒤에 도서관에 갔는데 빨간책이 그 장소, 그 시간에 나타나지 않는 것이다.

지금까지 빨간책은 그 시간 그 장소에서 항상 나를 기다리고 있었다.

그런 빨간책이 나타나지 않는다면 그저 도서관에서 기다리는 수밖에 다른 방법이 없다.

빨간책을 생각하니 마음이 불안하고 조마조마하다.

'빨간책이 나타나지 않으면 어쩌지?'

이런 불안한 마음에 일주일간 잠이 잘 오지 않았다.

예전에 삼촌이 군대에 있었을 때의 이야기를 해 준 적이 있다.

병장이 되고 전역하는 날이 되기까지 D-데이를 기록했다고 한다.

매일 저녁 달력에 × 표시를 하며 행복한 마음으로 잠자리에 누웠다는 이야기를 해 주었다.

지금 내 마음은 전역을 기다리는 삼촌의 마음과 비슷할 거 같다.

드디어 오늘이다. 일주일간 문을 닫았던 도서관이 나를 위해 열리는 날이다.

8시 10분, 아침밥을 먹는 둥 마는 둥 하고 재빨리 학교로 뛰어갔다.

출근하는 아저씨들, 학교에 가는 중고등학교 형, 누나들밖에 보이지 않는다.

초등학생은 한 명도 없다.

8시 10분, 실내화로 갈아신고 계단을 두 칸씩 뛰어서 도서관으로 올라갔다.

8시 12분, 복도 모퉁이를 돌아 도서관에 도착했다.

[도서관 개방 시간: 점심시간부터]

"이게 뭐야!"

빨리 도서관에 들어가고 싶었지만 기다릴 수밖에 없었다.

'일주일도 기다렸는데 점심시간쯤이야 더 기다릴 수 있지!'

8시 30분, 교실에서 책을 읽는다. 하얀 것은 종이고 검은 것은 글자구나!

9시 20분. 속담! 네 정체는 뭐냐!

10시 10분. 소수와 분수는 외계 언어!

10시 35분. 중간놀이 시간! 도서관 앞에 기웃기웃!

11시 7분. 정치는 가수 이름인가? 아니면 옆집 강아지 이름인가? 도무지
　　　모르겠다!

12시 42분. 점심시간! 식판을 들고 국물을 후루룩 마시고 도서관으로 직행!

12시 44분. 도서관 문이 열렸다!

12시 45분. 빨간책이 있던 900 역사 서가를 향하여! 그런데! 서가의 위치
　　　　가 바뀌었다! 그 자리에는 900 역사 서가가 없다! 900 역사 서
　　　　가를 찾아서 이리 뛰고 저리 뛰고!

12시 48분. 900 역사 서가 발견!

900 역사 서가를 발견했다.

눈물이 날 것만 같았다.

그런데 전에 봤던 그 서가가 아니다.

모양과 디자인이 전혀 다른 서가로 바뀌었다.

서가의 위치도 빨간책과 항상 만났던 그 자리가 아니라 전혀
다른 곳으로 이동했다.

'다시 빨간책을 만날 수 있을까…….'

걱정이 앞섰다. 혹시나 하는 마음에 빨간책이 꽂혀 있던 자리
를 살펴봤다.

빨간책을 찾아봤지만 보이지 않았다.

시계를 보니 빨간책을 항상 만나는 그 시간이 아니었다.

다행이었다.

서가의 위치는 바뀌었어도 빨간책은 그 시간에 다시 나타날 것

이라고 확신했다.

아니다! 꼭 다시 나타나야만 한다.

내가 얼마나 기다렸는데!

교실로 돌아가 의자에 앉았지만 머릿속은 온통 빨간책으로 가득했다.

시간아, 빨리 가라!

시간아, 빨리 가라!

1분에 한 번씩 시계를 쳐다봤다.

피구를 할 때는 그렇게 잘 가던 시간이, 공부할 때나 오늘처럼 무언가를 기다릴 때는 도무지 가지 않는다.

고통의 1분 1초가 지나고 6교시가 끝났다.

2시 35분! 오늘따라 수업이 2시 30분 정각에 끝나지 않고 5분이 지나서 끝났다.

초조해졌다.

입술에 침이 마르기 시작했다.

차 조심!

길 조심!

사람 조심!

친구들아 안녕! 선생님 안녕히 계세요!

인사가 끝나자마자 교실 뒷문으로 후다닥 뛰어간 다음 재빠르게 복도를 달렸다.

"너 이놈! 누가 복도에서 뛰어다니냐! 걸어서 안 갈래!"

"죄송합니다."

키가 180cm가 넘고 덩치도 산만 하며 눈썹도 문신한 것처럼 진한 1반 선생님이 나를 째려보면서 소리치셨다.

허걱! 엄청난 속도로 빠르게 움직이던 두 다리는 얌전이 모드로 바뀌었다.

선생님의 잔소리에 째깍째깍 시간이 흘러간다.

오늘따라 고릴라 선생님의 잔소리가 빨리 끝나지 않는다.

2시 48분! 50분이 되기 전까지 2분 남았다.

모퉁이를 돌자 1반 선생님이 보이지 않았다.

다시 전속력으로 뛰기 시작했다.

성큼성큼 계단을 뛰어넘자 숨이 턱 밑까지 차올랐다.

하지만 쉬엄쉬엄 걸어갈 시간이 없었다.

2시 50분!

빨간책이 나타날 시간이다.

지체할 시간이 없다.

오후에 위치를 파악해 둔 900 역사 서가를 향해 전력으로 뛰었다.

숨을 헐떡이며 900 역사 서가 4층, 빨간책이 항상 나타나던 그 곳을 향해 고개를 들었다.

있다!

빨간책이 있다!

빨간책이 빨리 나를 읽어 달라는 말을 하는 듯 나를 바라보고 있었다!

2시 50분이 지나면 안 되기에 재빨리 빨간책을 서가에서 뺐다.

그리고 여느 때와 마찬가지로 엄지손가락을 빨간책 사이로 밀어 넣었다.

1797

이번에는 '1797'이다.

1797년에는 어떤 일이 일어났을까?

그곳에서 누구를 만나게 될까?

이런저런 궁금한 게 많았지만 흘러가는 시간에 혹여나 2시 50분이 지나갈까 봐 빠르게 숫자를 읽었다.

일! 칠! 구! 칠!

이번이 네 번째지만 여전히 빨간책 안으로 들어가는 과정은 익숙하지 않다.

스르르 눈이 감기며 정신이 몽롱해진다.

주위가 조용하다.

아직 두 눈을 뜨기 전이지만 지금까지 내가 왔던 곳과는 분위기가 다르다는 것을 단박에 알 수 있었다.

천천히 눈을 뜨고 주위를 둘러보았다.

나무가 우거진 숲길 사이로 새들이 지저귀고 상큼한 공기가 코로 휘익 들어온다.

오랜만에 느껴 보는 상쾌함이다.

이런 곳이라면 오래 있어도 괜찮겠다는 생각을 하고 있는데, 저 멀리서 사람들이 걸어오는 것이 보인다.

"자네는 누군데, 혼자서 금강산을 오르고 있는가?"

"금강산이요? 여기가 금강산인가요?"

금강산이라니!

금강산은 북한에 있는 곳 아닌가?

방금 전까지만 해도 나는 대한민국에 있었지만 지금은 북한에 와 있다.

이게 무슨 상황인지 어리둥절해졌다.

"어허, 이 사람. 자기가 금강산에 있는 것도 모르다니. 여긴 낮에도 호랑이가 나오는 곳이야. 이런 위험한 곳은 혼자 다니면 안 된다네!"

"그러면 우리와 함께 금강산을 걷는 것은 어떨까요?"

험상궂게 생긴 사람들 속에서 인자하게 생긴 할머니가 말을 꺼내셨다.

다른 아저씨들이 마지못해 허락을 해 주어서, 나는 그들과 함께 금강산 돌길을 걸을 수 있었다.

집에 있을 때도 책이나 TV에서 보거나 들었지, 내가 직접 금강산을 가 본다는 생각은 한 번도 한 적이 없다.

우리 집 뒷산도 잘 가지 않는 나인데, 그것도 북한에 있는 금강산이라니!

금강산을 지금 내가 걷고 있다는 사실이 꼭 꿈을 꾸는 것만 같았다.

"자네 고향은 어디인가?"

인상 좋게 생긴 할머니가 내게 물었다.

"제 고향은 강진입니다."

"강진이라…… 강진이 어디 있는 마을인가?"

"의녀반수님! 강진현을 말하는 것 같습니다."

"강진현이면 한참 아래쪽에 있는 마을 아닌가? 금강산까지 오려면 오랜 시간이 걸렸을 텐데, 참 대단한 아이로구나."

의녀반숙? 의녀반죽?

남자가 할머니를 보고 뭐라고 부르는데 정확한 호칭을 잘 모르겠다.

성이 의씨고 이름이 녀반숙인가?

지금까지 살아오면서 의씨라는 성을 가진 사람을 만나 본 적도 없고 들어 본 적도 없다.

중국이나 일본에서 온 사람인가, 하는 생각이 들었다.

외모와 말투는 분명 우리나라 사람인데, 이름이 참으로 이상하다.

또 하나 특이한 점! 할머니가 하는 말을 들어 보니 옆에 있는 아저씨들과는 사용하는 낱말들과 억양이 조금은 달랐다.

대충 무슨 말인지는 알겠는데 정확히 무슨 말을 하는지는 잘 이해하지 못했다.

"나는 강진현보다 더 밑에서 왔다네. 혹시 제주라고 아는가?"

"제주도요? 그럼 잘 알죠! 몇 번 가 보기도 했는데요."

"제주도를 몇 번 가 봤다고? 허허, 요놈이 농담도 잘하네그려."

"어떻게 제주도를 몇 번이나 다녀왔다는 거짓말을 이리 얼굴색 하나 변하지 않고 이야기할 수 있나. 완전 웃긴 뻥쟁이네!"

"오늘 뺑쟁이를 만났으니 금강산에 가는 길이 지루하지는 않겠네그려."

"맞네! 맞아! 하하하."

할머니의 물음에 자신 있게 제주도를 몇 번 다녀왔다고 이야기 했는데, 옆에 있는 아저씨들이 껄껄 웃는다.

제주도를 다녀온 게 뭐 그리 웃긴 일이라고 하는지 이해가 되지 않는다.

여기서 더 말해 봤자 내게 아무런 도움이 되지 않을 게 분명해서 더 이상 제주도 이야기는 하지 않았다.

"그런데, 할머니 이름이 의녀반숙이예요? 성이 의씨인 사람도 있어요?"

"의녀반숙? 하하하. 그건 내 이름이 아니란다. 의녀반수는 임금님께서 내게 내려 주신 벼슬 이름이야. 제주에 살고 있는 여자는 벼슬 없이는 육지로 나갈 수 없기에 임금님께서 특별히 제주를 나갈 수 있게 벼슬을 내려 주신 것이지."

"벼슬이 있어야 제주도를 나갈 수 있다고요? 그런 게 어디 있어요?"

"그런 게 어디 있다니? 제주에 살고 있는 사람이라면 모두 아는 사실이라네."

이해가 되지 않았다.

제주도는 여권도 필요 없는 곳이다.

우리나라 땅이기에 그저 비행기를 타거나 배를 타면 금방 도착하는 그런 곳이다.

남자든 여자든 본인이 가고 싶을 때면 언제든지 제주도를 오고 갈 수 있다.

누구에게 허락을 맡을 필요도 없다.

옛날에 여자가 벼슬을 하는 것은 극히 드물다고 알고 있었다.

그런데 임금님이 특별히 벼슬을 내려 제주도를 떠날 수 있게 해 주었다니, 이 할머니의 정체가 더욱 궁금해졌다.

"할머니가 무슨 일을 했길래 임금님이 벼슬까지 내려 주신 거예요? 훌륭한 책을 쓰신 거예요, 아니면 많은 사람의 목숨을 구하신 거예요? 아니면 적을 물리친 거예요?"

"훌륭한 책을 쓴 것은 아니고, 그렇다고 제주도에 출몰하는 도적 떼를 물리친 것은 더더욱 아니란다."

"아이구, 이놈아. 네가 아직 이분을 잘 모르는구나. 이분은 바로 김만덕 의녀반수님이시다. 많은 제주 사람들을 살리신 분이지!"

"제주에 태풍이 몰아쳐 제주 사람들은 배를 타고 고기를 잡으러 갈 수 없었고 또 많은 비로 농사도 지을 수 없게 되었지. 하필 조정에서 보내 준 구휼미를 실은 배도 풍랑에 가라앉아 버렸지 뭐냐. 그래서 제주 사람들 모두 굶어 죽게 되었단다. 이때 제주에서 상단을 이끌고 계시던 의녀반수님께서 전 재산을 내어 굶주린 제주 사람들에게 나누어 주었지."

"그 일로 제주 사람들이 굶어 죽지 않고 버틸 수 있었단다."

할머니 옆에 있는 사람들은 입에 침이 마를 새도 없이 할머니를 칭찬했다.

얼핏 들으면 랩을 하는 것만 같았다.

지금 내가 정말 대단한 할머니를 만나고 있구나 하는 생각이 들었다.

겉으로 보기에는 키도 작고 힘도 없어 보이는 할머니지만 그 안에는 어떤 어려움도 이겨낼 만큼 단단한 마음이 자리 잡고 있어 보였다.

본인의 전 재산을 어려운 이웃에게 나누어 줄 때는 큰 용기가 필요하다.

그것은 자신의 모든 것을 거는 것이기에 쉽게 결정 내리기 어려운 일이다.

그런데 여기 내 옆에 서 있는 할머니가 그런 용기 있는 결정을 하신 분이라니, 내 어깨가 더 으쓱해졌다.

이제야 임금님이 왜 이 할머니에게 벼슬을 내려 제주도를 나올 수 있게 해 주었는지 알 수 있었다.

"그런데, 할머니는 금강산에 왜 오신 거예요?"

"금강산에 왜 왔냐니? 금강산을 보고 싶으니까 왔지. 금강산에 오는 것은 내 평생 소원이었단다."

"임금님께서는 나라도 구제하지 못한 백성들의 목숨을 의녀반수님께서 구하셨다고 아주 기뻐하셨지. 그래서 소원을 말해 보라고 하셨단다."

옆에 있던 아저씨가 본인 일처럼 기쁘게 말씀하셨다.

"할머니께서는 어떤 소원을 말씀하셨어요?"

"떼끼, 이놈아. 할머니라니, 의녀반수님이라고 해야지!"

웃고 있던 아저씨는 얼굴색을 확 바꾸며 목소리를 높였다.

"죄송합니다. 의녀반수님께서는 어떤 소원을 말씀하셨어요?"

"금강산에 가 보는 것이 소원이라고 말씀했지."

소원이 고작 금강산에 가 보는 것이라니!

높은 벼슬을 달라는 것도 아니고, 많은 돈을 달라는 것도 아니다.

그렇다고 기와집이나 배를 한 척 달라는 것도 아니다.

고작 금강산으로 놀러 가고 싶다는 것이 소원이라니!

눈을 동그랗게 뜨고 할머니를 빤히 쳐다보았다.

"왜 그리 빤히 쳐다보느냐? 내 소원이 보잘것없어서 그러는 것이냐?"

"음, 그게 아니…… 네, 맞아요. 어떻게 금강산 가는 것을 임금님께 소원이라고 말할 수 있어요? 더 좋은 것을 달라고 이야기할 수 있잖아요. 임금님은 다 들어주실 수 있는 분이잖아요."

"맞지, 맞아. 임금님은 다 들어주실 수 있는 분이지. 하지만 나는 장사를 하면서 많은 돈을 벌어 보기도 하고 또 많은 돈을 잃어 보기도 했단다. 그때 든 생각이, 사람이 돈을 좇으면 결국 모두 다 잃게 된다는 것이었단다. 돈은 내가 쓸 만큼만 있으면 되는 것이고, 돈을 목적으로 삼으면 안 된다는 것을 배웠지."

"그래도 금강산 구경은 너무 작은 소원 아닌가요?"

"아니란다. 어릴 적 아버지께서는 나를 데리고 육지로 가겠다는 약속을 하셨단다. 육지에 가게 되면 어디부터 가 보고 싶냐고 물으셨지. 그때 선녀님이 내려오는 커다란 연못이 있고 아름다운 나무들이 춤춘다는 금강산에 가 보고 싶다고 아버지에게 이야기했었지. 돌이켜 보면 그때부터 금강산 여행은 내 평생의 소원이 되었어. 아버지와 함께했으면 좋으련만 나 혼자 이 아름다운 자연을 보게 되니 아버지께 도리어 죄송할 따름이란다."

"할머니 이야기를 들으니 할머니는 참 대단한 분이신 것 같아요. 킹왕짱 멋지세요!"

"킹왕짱? 그게 무슨 말인지는 모르겠지만 칭찬의 말로 알아들으면 되겠지?"

"맞아요, 할머니. 히히."

적을 무찌르고 도둑을 잡는 것만이 용기가 아니다.

자신의 욕심을 조금은 내려놓고 어려운 사람을 돕기 위해서는 더 큰 용기가 필요하다.

진정한 용기는 내 앞에 있는 사람들을 이기는 것이 아니라 나를 이기는 것이라는 사실을 할머니를 통해서 알게 되었다.

겉으로 용기 있는 모습이 아니라 마음이 단단하고 용기 있는 사람, 할머니가 바로 그런 사람이었다.

"할머니는 꿈이 더 있어요? 금강산 구경은 이제 이루셨으니까 또 다른 소원 말이에요!"

"아무렴, 또 있지. 앞으로 얼마나 더 살지 모르겠지만 내가 살아 있는 동안 어려운 사람들을 도울 수 있는 삶을 사는 게 내 소원이란다. 그래서 제주도에 사는 모든 백성들이 가난하지 않고 행복하게 살았으면 좋겠구나."

"역시, 할머니는 굿이에요. 굿!!"

"굿? 굿을 하는 것처럼 즐겁다는 말이지?"

"아…… 네, 맞아요! 할머니 최고라는 말이에요! 그런데, 할머니 성함이 뭐라고 했죠? 제 기억에는 '의녀반숙'밖에 떠오르지 않아서요. 죄송해요."

"괜찮단다. 나도 의녀반수라는 벼슬 이름보다는 아버지가 지어 준 김만덕이라는 이름이 더 좋단다."

"김, 만 덕, 그 이름 꼭 기억할게요."

걷는 게 이렇게 즐겁고 행복한 줄 지금껏 몰랐다.

금강산이 주는 아름다움이 한몫하기는 했지만, 그보다 더 좋은 것은 김만덕 할머니와 함께 이 길을 걷고 있는 것이다.

역시 사람은 무엇을 하느냐보다 누구와 함께 하느냐가 더 소중한 것 같다.

반짝! 반짝!

품속에 가지고 있던 빨간책에서 빛이 나기 시작했다.

아름다운 금강산도 떠나기 싫고, 김만덕 할머니와 헤어지는 것도 싫다.

아쉬운 마음 가득하지만 계속해서 반짝이는 빨간책은 이제 떠날 시간이라는 것을 내게 계속 알려 온다.

"할머니, 저는 잠깐 소변 좀 보고 갈게요. 먼저 올라가고 계세요."

"소피를 말하는 거지? 알았다. 시원하게 소피 보고 천천히 따라오렴."

할머니와 마지막이 될 인사를 나누고 커다란 나무 뒤편으로 걸어갔다.

할머니와 아저씨들이 보이지 않자 품에 있는 빨간책을 꺼냈다.

그러고는 반짝반짝 빛나는 곳을 찾아 손가락을 집어넣고 책장을 넘겼다.

그곳에는 항상 그랬던 것처럼 집으로 돌아갈 수 있는, 알 수 없는 그림과 문장이 쓰여 있었다.

Λ와 Ω
'시작이 있으면 끝이 있고 끝에는 내가 있다.'

김만덕 할머니!

꼭 할머니가 꿈꾸던 일을 모두 이루면서 사셨으면 좋겠어요!

저도 제가 꿈꾸던 일을 이루면서 살게요!

짧은 시간이었지만 감사했어요.

할머니께 마지막 인사를 하고 빨간책 안의 문장을 읽어 내려갔다.

마지막 글자를 읽는 순간 반짝반짝 빛나던 불빛은 눈이 부실 정도로 환하게 커지면서 내 몸을 감쌌다.

항상 느끼는 거지만 눈을 뜰 때면 언제나 여기가 현실인지 아니면 과거인지 아리송하다.

고개를 들어 도서관에 걸려 있는 시계를 바라보니 2시 50분을 가리키고 있었다.

현실로 돌아왔구나.

"휴~"

안도의 한숨을 내쉬었다.

의자에서 일어나 조용히 빨간책을 서가에 꽂아 놓고 도서관을 빠져나왔다.

김만덕 할머니는 나이가 많아도 본인이 꿈꾸는 삶이 있고, 그 나이에 꼭 이루고 싶은 소원도 있었다.

그렇다면 나는? 내 꿈은? 내가 이루고 싶은 소원은?

한 번도 생각해 본 적 없는 물음이었다.

5

1816년_다산 정약용의 용기

"당신은 뭘 말을 그렇게 해!"

"내가 뭘 잘못 말했는데? 내 말이 맞잖아. 당신이 그 돈만 그렇게 주식으로 날려 먹지 않았어도 우리가 지금 이렇게 살지는 않았을 거잖아!"

"어휴! 또 그 이야기네. 무슨 말만 하면 옛날 이야기를 다시 꺼내고! 그러니까 내가 당신이랑 이야기하고 싶지 않다니까!"

아침부터 엄마와 아빠는 싸운다.

엄마와 아빠가 싸우는 것이 특별한 일은 아니지만, 오늘은 평소보다 두 분의 목소리가 더 크다.

엄마가 그동안 쌓였던 것이 폭발한 것 같아 보였다.

이럴 때는 빨리 집을 벗어나는 게 상책이다.

아침밥이 차려져 있더라도 먹지 않고 나가야 한다.

4학년으로 올라간 지 얼마 되지 않은 때로 기억한다.

그날도 아침에 엄마와 아빠가 싸웠고, 나는 아무 생각 없이 아침밥을 먹었다.

먹었다기보다는 그냥 후루룩 삼켰다는 표현이 맞을 것 같다.

그때만 생각하면 끔찍하다. 꾸역꾸역 아침밥을 먹고 학교에 도착했는데 문제는 거기서 생겼다.

교실 뒷문을 여는 순간, 아침에 먹었던 음식이 그대로 입 밖으로 쏟아져 나왔다.

아침밥이 제대로 소화되지 않은 채 그대로 가슴에 걸려 있었던 것이다.

그렇게 한참을 토했다. 다 토하고 나서 고개를 들었을 때 나에게 한참 떨어져서 놀라는 표정을 짓던 친구들의 얼굴을 잊을 수 없었다.

체해서 몸이 아픈 것은 중요하지 않았다.

친구들 앞에서 토했다는 자체가 창피했다.

쥐구멍이라도 있으면 도망가고 싶은 마음이었다.

그때 있었던 일은 내 평생 잊을 수 없는 수치스러운 순간이었고, 다시는 반복하고 싶지 않았다.

평소 같으면 빨간책을 만날 수 있다는 생각에 학교 가는 길이 설레고 즐거웠겠지만 오늘은 그렇지 않다.

공부도 싫고 빨간책을 만나는 것도 싫다.

그저 시간이 빨리 흘러갔으면 하는 마음뿐이다.

6교시 수업이 끝나고 그대로 방과 후 수업인 한자 교실로 향했다.

고개를 떨군 채 애꿎은 복도를 실내화로 툭툭 차며 걸었다.

"동철아, 오늘은 도서관 안 가니?"

"네?"

내 이름이 들리자 본능적으로 고개를 들고 소리가 들려오는 방향을 바라봤다.

사서 선생님이었다.

오늘은 도서관을 가지 않으리라 생각했건만 사서 선생님의 한마디에 마음이 흔들렸다.

왠지 도서관에 가야 할 것만 같았다.

그런데 그동안 사서 선생님은 내가 도서관에 있을 때 한 번도 자리에 계시지 않았다.

'내가 도서관에 매일 갔다는 것을 어떻게 알고 계시지?'

순간적으로 궁금했지만 이미 머릿속은 '도서관'이라는 세 글자로 가득 찼고 두 다리는 어느새 도서관으로 향하고 있었다.

스마트폰을 재빨리 꺼내 화면을 바라봤다.

2시 49분! 아직 1분이 남았다.

도서관 문을 열고 900 역사 서가까지 뛰어가기에는 충분한 시간이다.

바람을 가르고 물살을 헤치며 한 마리 비상하는 용처럼 재빠르게 900 역사 서가까지 날아갔다.

2시 50분!

빨간책이 나를 내려다보고 있었다.

어디로 갈지, 누구를 만날지 생각할 틈도 없이 빨간책을 꺼내 책 사이로 엄지손가락을 밀어 넣었다.

책을 펼치자 숫자가 눈에 보인다.

1816

오늘은 1816이다!

자! 떠나 보자!

몇 번 새로운 공간으로 와 봤다고, 이제는 감겼던 눈을 뜨는 것이 무섭지 않다.

사실 처음에는 눈 뜨는 것이 두려웠다.

눈을 떴을 때 보일 주위 세상이 어떤 곳인지 알 수가 없었기 때문이다.

모른다는 것은 무서움을 주지만 경험을 통해 알게 된 사실은 더 이상 두려움으로 다가오지 않는다.

이제는 이곳이 어떤 세상일지 궁금해하면서 두려움 없이 자신 있게 두 눈을 뜰 수 있게 되었다.

이렇게 화창하고 편할 수가 있나!

바람이 시원하게 불고 새들의 지저귐이 마음을 평안하게 만드는 곳이다.

오늘은 누굴 만나고 어떤 일이 일어날지 조금 두렵기는 하지만, 이런 좋은 환경이라면 분명 나쁜 일은 일어나지 않을 것이라는 생각에 마음이 놓인다.

가까운 곳에서 아이들이 글 읽는 소리가 들려온다.

과거를 여행하면서 그동안 한 번도 들어 보지 못한 맑고 경쾌한 소리다.

이번에는 왠지 아이들의 목소리가 들려오는 저곳으로 가야 할 것만 같은 생각에 천천히 발걸음을 옮긴다. 그런데 주위를 둘러보니 낯설지가 않다. 언젠가 와 본 것 같은 느낌적인 느낌이 들었다.

茶山艸堂

뭐, 산, 뭐, 뭐……

두 번째 한자는 '뫼 산'이 확실한데 나머지 한자들은 도무지 모르겠다.

획수가 많지 않은 것으로 봐서 어려운 한자는 아닌 것 같지만 읽을 수 없다.

이럴 줄 알았으면 방과 후 한자 시간에 조금 더 집중해서 공부할 걸 그랬다.

"거기 쥐새끼처럼 몰래 들여다보는 너는 누구냐?"

"뭐 쥐새끼? 나는 쥐새끼가 아니고 사람이다. 그런 너는 누군데?"

"나? 나는 다산초당의 학생이면서 이곳에 계시는 훌륭한 선생님의 제자다!"

"뭐라고? 다산초당? 내가 아는 그 다산초당이란 말이야?"

"다산초당을 알아?"

"그럼 알지! 다산 정약용 선생님이 지은 곳이잖아."

내가 역사 인물들은 그래도 많이 알고 있다.

특히 이순신 장군과 정약용 선생님에 대해서는 다른 친구들보다 많이 알고 있다고 자부한다.

이순신 장군은 워낙 유명하시고 백 원짜리 동전에도 새겨져 있으니 평소에도 자주 만나는 분이었다.

정약용 선생님은 우리 마을에서 사셨던 분이라, 어렸을 때부터 동네 어른들과 학교 선생님들께 아주 많이 그 이름을 들었다.

그리고 정약용 선생님이 사셨던 집과 다산초당은 체험학습 장소로 1순위였던 곳이다.

처음에는 다산초당이 어떤 곳인지 몰랐지만 유치원, 초등학교 때도 체험학습을 갔고, 가족들과도 최소 1년에 한 번 이상은 꼭 가는 곳이었다.

이렇게 자주 가니 자연스럽게 다산초당이 어떤 곳인지, 누구와 관련 있는 곳인지 알게 되었다. 현실에서도 여러 번 왔던 곳이었기에 처음 이곳에 왔을 때 낯설지 않다고 느꼈던 것이다.

지금 내가 그 유명한 다산초당 앞에 와 있는 것이다.

"거기 밖에 누구냐?"

"선생님, 저 삼미이옵니다. 그리고 웬 낯선 자도 함께 있사옵니다."

"삼미로구나. 그 사람과 함께 어서 안으로 들어오려무나."

얼떨결에 삼미라는 아이와 함께 정약용 선생님을 만나러 다산초당 안으로 들어갔다.

체험학습으로 가 보았던 다산초당 입구에는 '안으로 들어가지 마시오'라는 푯말이 쓰여 있어서 밖에서만 보고 금세 지나쳤다.

'들어가지 마시오'라고 쓰여 있으니 당연히 들어가지 않았고, 들어갈 수 없으니 안이 어떻게 생겼는지 별로 궁금하지도 않았다.

사람 사는 곳이 다 똑같겠지, 라는 생각에 안이 어떻게 생겼는지 알고 싶지도 않았다.

그런데 오늘은 다르다.

지금 나는 다산초당 문 앞에 서 있다.

그동안 잠시 스쳐 지나가던 다산초당이 아니라, 정약용 선생님이 안에서 책을 읽고 있는 진짜 다산초당이다.

다산초당 안이 어떻게 생겼는지도 몹시 궁금했고, 저 안에서 나를 초대하는 정약용 선생님을 빨리 뵙고 싶어졌다.

"자네의 이름은 무엇인가?"

"네 제 이름은……."

자리에 앉자 정약용 선생님이 내 이름을 물으셨다.

이게 꿈인가 생신가.

우리 마을 최고의 슈퍼스타면서 어릴 적부터 이름을 항상 들어 왔던 정약용 선생님이 지금 내 눈앞에 있다.

"나리! 잠시 들어가도 되겠습니까? 손님이 계신 것 같은데, 급한 일이라서 실례를 무릅쓰고 말씀을 드립니다."

"괜찮네, 이야기해 보게."

내 소개를 할 순간에 급한 일이 있어 보이는 누군가가 내 말을 가로막았다.

다행이었다.

내 이름을 소개하면 그다음에 내가 어디서 왔는지, 무슨 일로 왔는지, 어떻게 왔는지 등의 이야기를 해야 하는데, 그러면 당연히 이야기가 길어질 수밖에 없다.

이런 이야기를 한다고 해도 정약용 선생님이 내 말을 다 믿어 줄지도 의문이다.

날 정신이 이상한 사람으로 생각할 것이고, 그러면 여기에서 쫓겨나거나 거짓말쟁이라고 혼날 게 분명했다.

하지만 갑자기 방으로 뛰어 들어오는 아저씨 때문에 이런 걱정이 모두 사라졌다.

심장은 빠르게 뛰고 있었지만 마음은 편안해졌다.

"나리, 흑산도에서 소식이 하나 왔습니다."

"기다리고 있었네. 흑산도에 있는 형님의 편지일 듯하네. 형님이 어떻게 지내시는지 몹시 궁금하던 차였네."

정약용 선생님은 환하게 웃고 있었다.

흑산도에 있는 형이라면 아마도 정약용 선생님과 같이 서울에서 쫓겨난 형일 것이다.

형은 흑산도로 유배 가고, 동생인 정약용 선생님은 강진으로 유배를 온 것으로 알고 있다.

"어…… 나리, 오늘은 형님께 온 편지가 아닙니다."

"그러면 무슨 소식인가? 흑산도에서 온 소식이라면 형님이 보낸 것밖에 없을 텐데."

"그게…… 며칠 전, 흑산도에 계시는 나리의…… 형님께서…… 세상을 떠나셨다고 합니다."

"뭐라! 형님이? 형님은 그렇게 쉽게 돌아가실 분이 아니다!"

정약용 선생님은 갑자기 크게 화를 냈다.

하지만 이미 눈에는 눈물이 가득 차 있었다.

겉으로는 화를 내고 있었지만 마음속으로는 형의 죽음에 마음 아파하는 모습이었다.

"형님! 이렇게 쉽게 가시려고 지금까지 물고기를 연구한 것이었습니까! 나와 같이 많은 사람들에게 책의 내용을 알리자고 하지 않았습니까! 하늘이 원망스럽구나! 이제 다시는 형님의 얼굴을 볼 수 없다니……."

울고 있는 정약용 선생님을 보니 내 마음도 아파 왔다.

아직까지 내가 사랑하는 가족 중에는 먼저 돌아가신 분이 없었다.

엄마, 아빠, 외할머니, 외할아버지는 건강하게 살아 계신다.

할머니와 할아버지는 내가 태어나기도 훨씬 전에 돌아가셨기 때문에, 나는 죽음에 대한 슬픔이 어떤 것인지 잘 모른다.

그래서 형을 잃은 정약용 선생님의 슬픔이 어느 정도일지 정확히 알 수 없었다.

그래서 위로해 드릴 적절한 말이 떠오르지 않았다.

이 상황을 피하고 싶은데 빨간책이 반짝이지 않는다.

빨간책이 반짝여야 다른 시대로 이동할 수 있는데, 지금까지 아무런 변화가 없다.

어쩔 수 없이 삼미와 함께 정약용 선생님 옆에 계속 앉아 있었다.

한참 눈물을 흘리던 정약용 선생님이 밖으로 나가자, 그제야 나는 삼미와 함께 크게 숨을 내쉬었다.

책이 반짝일 때까지 어쩔 수 없이 삼미에게 신세를 질 수밖에 없게 되었다.

그렇게 삼미 집에서 삼미, 삼미의 동생 두 명, 심미의 엄마, 아빠, 할머니, 그렇게 총 여섯 명과 함께 지내게 되었다.

다행히도 삼미의 가족들은 갑자기 찾아온 나를 따뜻하게 맞아 주었다.

밤에는 삼미 집에 머물렀고 아침에는 삼미와 함께 다산초당에 갔다.

그러면서 정약용 선생님에 대해 이것저것 물어볼 수 있었다.

"삼미야, 정약용 선생님이랑은 어떻게 처음 만났어?"

"어느 날 스승님께서 우리 마을에 오셨어. 듣기로는 유배되어서 여기까지 내려오셨다고 했어. 그런데 스승님은 절대 나쁜 짓을 하실 분이 아니야. 이곳에서 사람들에게 새로운 농사법도 가르쳐 주고 우리에게는 글자 읽는 법도 알려 주셨어. 스승님이 만든 천자문은 주위에서 자주 듣는 말로 되어 있어서 배우기 쉬워. 너도 스승님 밑에서 한 달만 공부하면 나처럼 똑똑해질 거야!"

"뭐라고? 난 지금도 너보다 더 똑똑하거든!"

서로가 똑똑하다고 하는 말이 유치하긴 하지만 그래도 이렇게 티격태격하면서 삼미와 조금 더 친해질 수 있었다.

삼미의 이야기를 들으니 유배 생활 중에도 백성들을 위해 노력하신 정약용 선생님이 존경스러웠다.

그런데 며칠 동안 다산초당에 나오지 않던 정약용 선생님께서 오늘은 우리보다 먼저 나와서 앉아 계셨다.

"스승님, 지금 무엇을 쓰고 계십니까?"

한동안 보이지 않던 정약용 선생님께서 무언가를 쓰고 있는 모습이 궁금했던 삼미가 선생님께 여쭈어 보았다.

"이것이 궁금한 것이냐?"

"네, 스승님. 한동안 다산초당에 얼씬도 하지 않으시던 스승님께서 저희보다 먼저 오셔서 무언가 집중해서 쓰시는 게 신기해서 그렇습니다."

"궁금한 것이 아니라 신기한 것이로구나! 하하하."

"그게 아니오라……."

형의 죽음을 알고 눈물을 흘리던 정약용 선생님의 모습은 모두 사라진 것 같아 보였다.

지금은 어린 제자의 궁금한 점에 대해 웃으면서 답하는 밝은 정약용 선생님만 보였다.

"거기, 삼미 옆에 있는 자네는 한자를 읽을 수 있는가?"

"아, 한자요?"

또 한자다.

저번에 '茶山艸堂'도 제대로 읽지 못한 부끄러운 기억이 떠오른다.

이번에는 제대로 읽어 봐야겠다는 오기가 생겼다.

牧民心書

'음…… 두 번째 한자는 '백성 민'이고 세 번째 한자는 '마음 심'이다.

첫 번째 한자와 네 번째 한자는 잘 모르겠다.

뭐민심뭐. 이게 뭐드라. 어디서 많이 들어 봤는데…….

아하! 알겠다!

목민심서! 목민심서다! 책에서 읽었던 기억이 났다!

"목민심서입니다."

"한자를 잘 알고 있군."

정약용 선생님께 칭찬을 받으니 우쭐해진다.

나를 얕잡아 봤던 삼미도 토끼 눈을 하면서 존경의 눈빛으로 쳐다본다.

역시 사람은 알아야 한다니까!

"스승님,《목민심서》는 무슨 책인가요?"

삼미가 궁금하다는 듯이 선생님께 여쭈어 보았다.

"이 책은 목민관의 마음가짐이 어떠해야 하는지를 써 놓은 책이다. 형님은 살기 힘든 흑산도에서《자산어보》를 세상에 남겨 어부들의 삶이 더 나아지기를 바랐지. 나 역시《목민심서》를 세상에 남겨 참된 관리의 길을 가는 자가 나타나기를 바라는 마음으로 이 책을 쓰고 있단다. 얼마 지나지 않으면 곧 모든 내용이 다 완성될 것 같구나."

"스승님, 그런데 이 책은 몇 권이나 되나요?"

"삼미는 참 궁금한 것이 많구나. 하하하. 총 마흔여덟 권이란다. 열두 편의 큰 주제가 각각 여섯 개로 분류되어, 총 일흔두 개의 소주제로 이루어져 있지. 이 안에는 목민관이 되는 절차부터 해야 할 일 등 다양한 내용이 적혀 있단다. 이 중에서 가장 중점적으로 볼 것은 4편 '애민'이고, '애민' 편에는 목민관이 힘써서 백성을 도울 것을 강조하고 있지."

"그러면 스승님, 마을 원님들이 《목민심서》에 쓰여 있는 내용대로만 한다면 고생할 백성들은 한 명도 없겠네요!"

"삼미는 참 똑똑하구나. 그래서 내가 이 책을 쓴 거란다!"

정약용 선생님에 대해서 많이 알고 있다고 생각했다.

《목민심서》는 한국사 시험을 볼 때 맞았던 문제이기도 하다.

하지만 정약용 선생님으로부터 직접 《목민심서》의 내용에 대해 들으니, 그동안 내가 모르고 있었던 것이 너무 많다는 생각이 들었다.

나라면 어땠을까?

내가 정약용 선생님처럼 가족과 떨어져 멀리서 혼자 지내야 한다면 이렇게 사람들을 돕는 일을 할 수 있을까?

돕기는커녕 나를 그렇게 멀리 보낸 사람들을 욕하고, 세상을 원망하면서 하루하루 지냈을 것 같다.

그러다 나도 정약용 선생님처럼 책을 한 권 쓰겠지.

책 제목은 '복수', 그 밑에는 작은 글씨로 '가만두지 않겠다.'

생각만 해도 웃음이 나온다.

혼자 키득키득 웃고 있으니 삼미가 이상한 눈으로 나를 쳐다본다.

"삼미야, 왜 그런 눈으로 쳐다봐?"

"너 혼자 웃고 있어서!"

삼미만 이상한 눈으로 나를 쳐다보고 있는 게 아니었다.

고개를 돌려 앞을 보니 정약용 선생님도 나를 쳐다보고 있었다.

하지만 정약용 선생님의 표정은 삼미와는 달랐다.

입가에는 부드러운 미소를 띠고 있었고 눈은 살짝 웃고 계셨다.

두 사람이 동시에 나를 쳐다보고 있으니 인싸가 된 것 같으면서도 왠지 모를 부끄러움이 순간 밀려왔다.

갑자기 집중을 받으니 소변이 급하게 마려웠다.

시험 보기 전, 축구 시합을 하기 전에도 항상 그랬다.

긴장하면 항상 소변이 마려웠고, 화장실에 다녀와도 소변이 남아 있는 것 같은 찜찜함이 사라지지 않았다.

병원에 가 봐야 하나 하는 생각까지도 했다.

"잠시…… 소변이 마려워서……."

"그래서 얼굴이 빨개진 것이로구나. 어서 뒷간에 다녀오렴."

소변이 곧 나올 것만 같아서 재빨리 화장실로 뛰어갔다.

졸졸졸졸~

이제야 살 것 같다.

하마터면 옷에 쌀 뻔했다.

삼미가 옆에 있는데 옷에 지리기라도 했다면 평생 놀림감이 될 것이 분명했다.

내가 살고 있는 시대도 아니고 과거 시대에 오줌싸개라고 놀림을 당할 뻔했다.

그건 정말로 있을 수 없는 일이었다.

"아이, 놀래라!"

옷 안에 숨겨둔 빨간책이 요란스럽게 반짝이기 시작했다.

놀란 나머지 몸을 갑자기 움직이느라 오줌이 옷에 튈 뻔했다. 튈 뻔한 거지, 튀지는 않았다.

나는 오줌을 옷에 흘리고 다니는 그런 칠칠맞은 사람이 아니다.

빨간책 속의 빛이 아까보다 더 빠르게 깜빡인다.

조금 더 머뭇거렸다가는 영영 집으로 돌아갈 수 없을 것 같았다.

다급하게 빛이 나는 페이지를 찾아 넘겼다.

"어, 이게 뭐지?"

거기엔 분명히 항상 봤던 그림과 글자들이 이렇게 쓰여 있어야 했다.

Λ와 Ω
'시작이 있으면 끝이 있고 끝에는 내가 있다.'

그런데 없다.

그림과 글자가 보이지 않는다.

분명히 있어야 하는데, 이번에는 네 자리 숫자만 달랑 적혀 있다.

1861

그렇다면 이번에는 집으로 가는 것이 아니라 1861년으로 이동한다는 말인가?

처음 있는 일이라 당황스러웠지만 미친 듯이 깜빡이는 빛 때문에 더 생각할 겨를이 없었다. 일단 숫자를 읽어야만 했다.

"일, 팔, 육, 하나."

책에 쓰여 있는 숫자를 또박또박 읽어 내려갔다.

도서관에서처럼 눈꺼풀이 무거워지거나 잠이 쏟아지지 않았다.

대신 빨간책 속에 있던 숫자들이 하나씩 내 눈앞으로 튀어나오기 시작했다.

책에는 작게 쓰여 있던 숫자들이 책 밖으로 나오니 내 키만큼 커졌다.

1, 8, 6, 1.

네 개의 숫자들이 각각 하나씩 내 양팔과 두 다리에 찰싹 붙었다.

그러고는 자기들만 알아들을 수 있는 이상한 주문을 외우기 시작했다.

"고이이끄며으이~ 이자시~ 다이가내 느에끄!"

일본말 같기도 하고 정신 나간 사람이 중얼중얼대는 소리 같기도 했다.

어떤 말인지 정확히는 알 수 없었지만 기분 나쁜 말인 것은 확실했다.

"안나라수마나라! 안나라수마나라!"

숫자들이 내는 소리가 점점 커졌다.

"세두나~하!"

네 개의 숫자들이 마지막으로 크게 외치자 몸이 붕 뜨더니 빙글빙글 돌기 시작했다.

그렇지 않아도 멀미 때문에 바이킹이나 청룡열차도 잘 타지 않는데, 이곳에서 돌아야 하다니!

도는 속도가 빨라질수록 멀미가 올라오기 시작했다.

조금만 더 돌았다가는 백 퍼센트 오바이트를 할 게 분명했다.

"으…억…으…… 엑."

아침에 삼미 집에서 먹었던 쌀죽이 입 밖으로 나올 것만 같았다.

6

1861년_ 대동여지도와 김정호의 집념

네 개의 숫자가 '세두나~하'라고 함께 소리를 외치자 순식간에 방금 내가 있었던 장소가 새로운 장소로 바뀌었다.

다행히 토하지는 않았지만 쌀죽이 목구멍까지 차올랐다.

목구멍에 있던 쌀죽의 절반은 다시 삼키고, 삼킬 수 없는 것들은 뱉어냈다.

그렇게 한참 쌀죽을 뱉어 내고 나서야 새로운 장소로 왔다는 것을 알았다.

계절도 바뀌었고 눈에 보이는 광경도 지금까지 한 번도 본 적 없던 모습이었다.

새롭게 바뀐 주위 모습을 감상할 여유가 없었다.

다른 걸 떠나서 일단 너무 추웠다.

몸이 오돌오돌 떨리는 것으로 보아 한겨울로 온 것이 분명했다.

"아휴, 추워! 옷도 따뜻하게 입지 않았는데 눈 내리는 겨울이라니 이게 뭐람! 이러다 길에서 얼어 죽을 수도 있겠는데. 빨리 몸을 녹일 수 있는 따뜻한 집에 들어가야 하는데……."

여기는 너무 춥다.

건물이나 집도 많지 않아 차가운 겨울바람을 막아 주지도 못한다.

허허벌판에 서 있으니 겨울바람이 꼭 날카로운 칼날처럼 내 볼을 스치고 지나간다.

예전에 아빠가 군대 이야기를 해 준 적이 있다.

아빠는 군대 이야기만 나오면 눈을 동그랗게 뜨면서 입에 모터를 단 것처럼 신나게 이야기한다.

아빠가 군 생활을 했던 곳은 강원도 철원 GOP라고 했다.

GOP가 뭐라고 자세하게 설명해 주셨지만 기억이 나질 않는다.

단지 저 멀리에 북한 땅이 보인다고 한 것만 기억에 남는다.

거기는 영하 30도까지 내려가고 찬 바람을 막아 주는 건물도 없다고 했다.

그래서 우리가 추울 때 걸리는 동상보다 더 조심해야 하는 것이 바로 '동창'이라고 했다.

동창은 차가운 바람이 맨얼굴에 계속해서 닿게 되면 얼굴이 점점 빨개져서 결국에는 썩는 증상이라고 한다.

그래서 추운 겨울에 근무를 나가게 되면 영화에서 강도들이 쓰는 것 같은, 눈과 입만 보이는 복면을 쓰고 두툼한 귀마개를 하고 밖으로 나간다는 이야기를 해 주었다.

찬 바람이 부는 논두렁에 서 있으니 아빠가 말한 그 동창이 무엇인지 이제야 알겠다.

살기 위해서는 빨리 차가운 바람을 피할 곳을 찾아야 했다.

가족도 없는 이곳에서 죽고 싶지 않았다.

여기서 죽으면 아무도 나를 양지바른 곳에 묻어 주지도 않을 것이다.

그리고 엄마와 아빠는 사라진 아들을 찾기 위해 미친 듯이 돌아다닐 것이다.

생각만 해도 끔찍하다. 나는 꼭 살아야 한다.

똑똑똑!

"사람 있나요? 혹시, 들어가도 될까요?"

아무런 소리가 나질 않는다.

원래 내 성격 같아서는 들어오라는 말이 없다면 섣불리 다른 사람 집 안으로 들어가지 않는다.

아무도 없는 집에 들어갔다가 도둑으로 오해받을 수도 있고, 또 조용한 집에서 무언가 튀어나올 것만 같아 무섭기 때문이다.

하지만 지금은 상황이 다르다.

일단 밖이 너무너무 춥다.

이렇게 추운 날씨에 밖에 있으면 동창에 걸리고, 또 동상에도 걸려서 죽을 수도 있겠다는 생각을 하니 앞뒤 따질 수가 없었다.

무조건 집 안으로 들어가야 했다.

조용조용, 문을 열고 집 안으로 들어갔다.

사람이 아무도 없는 줄 알았는데 아저씨 한 명이 열심히 나무에 무언가를 그리고 있었다.

너무 집중하고 있어서 내가 집 안으로 들어온 것도 모르고 있었다.

아저씨가 무엇을 하고 있는지 자세히 살펴보았다.

미술 시간에 판화 수업을 하면서 사용했던 조각도를 가지고 무언가를 파내고 있었다.

"아이쿠!"

"아저씨! 손에서 피가 나요!"

아저씨가 오른손으로 잡고 있던 조각도가 미끄러지면서 왼손 집게손가락을 스쳐 지나갔다.

순식간에 아저씨의 왼쪽 검지에서 피가 뚝뚝 떨어지기 시작했다.

판화를 하는 미술 수업 시간에 선생님은 조각도 조심하라는 이야기를 100번은 했었다.

조각도가 미끄러지면 손가락이 다치니 조각도를 꼭 잡고 있을 것!

고무 바닥을 잡고 있는 손바닥은 조각도 가까이 두지 말 것!

조각도와 얼굴 사이의 간격을 유지할 것!

등등 우리가 고무 판화로 작품을 만드는 내내 선생님은 잔소리를 멈추지 않았다.

그래서인지 다행히 다친 친구들은 한 명도 없었다.

우리가 다치지 않았던 것은 아마도 선생님의 끈질긴 잔소리 때문이었을 것이다.

바닥으로 떨어지는 피를 멈출 무언가가 필요했다.

화장지를 찾았지만 화장지가 하나도 보이지 않았다.

그래서 옆에 있던 하얀 종이를 집어 들어 아저씨께 내밀었다.

"아저씨, 여기 종이요! 어서 닦으세요!"

"어, 어…… 그래. 그런데 너는 누……?"

"지금 그게 중요한 게 아니잖아요. 빨리 아저씨 손가락 피를 멈추게 해야죠!"

"그렇지. 피를 멈추는 게 더 중요하긴 하지! 알았다. 자세한 이야기는 조금 있다 하자꾸나."

하얀 종이로 감싼 아저씨의 손가락은 금세 피로 물들었다.

열 번 넘게 종이를 바꾸어 감싼 뒤에야 피가 조금씩 멈추기 시작했다.

종이를 바꾸며 언뜻 본 아저씨의 손은 이곳저곳이 상처투성이였다.

성한 곳이 하나도 없었다.

또 궁금증 병이 도졌다.

가만히 있어도 되고 아무 말을 하지 않아도 될 텐데 궁금한 것은 그냥 넘어갈 수 없는 그 병 말이다.

"아저씨, 아저씨 지금 무얼 하고 계시는 거예요? 손은 왜 그렇게 상처가 많아요? 저기 나무판들은 뭐예요? 조각도로 그림 그리고 계시는 거예요?"

궁금한 것이 한두 개가 아니었다.

생각나는 대로 아저씨에게 묻고 나니 지금 내가 뭘 하고 있나 하는 생각이 들었다.

처음 본 사람이 내게 쉴 틈 없이 질문한다고 생각해 봐라!

이게 무슨 상황인가 싶으면서 당황스러울 것이다.

그런데 지금 내가 이 아저씨에게 그런 어이없는 행동을 하고 있는 것이다.

"요놈, 참 맹랑한 아이로구나! 하하하!"

"죄송해요. 제가 궁금한 것은 못 참는 병에 걸려서……."

"아니다. 나도 어렸을 때부터 궁금한 것은 참지 못했지. 그래서 지금 이렇게 지도도 만들고 있는 게 아니겠느냐. 궁금한 것은 빨리 물어봐야 원하는 것을 쉽게 얻을 수 있지. 오늘 밤은 매우 기니, 차근차근 하나씩 물어보렴."

집이나 학교에서 이렇게 행동했으면 분명 혼났을 것이다.

쓸데없는 거 물어본다고 혼나고, 기다리지 못한다고 혼나고, 버릇없다고 혼나고…….

하지만 이 아저씨는 껄껄껄 웃으면서 자기도 어릴 때 그랬다고 하면서 나를 이해해 주셨다.

물어보고 싶은 것이 많지만 가장 궁금한 것부터 물어봐야겠다.

"아저씨는 지금 뭘 하시는 거예요?"

"보면 모르겠니? 잘 보거라. 나무에 그림을 그리고 있지 않느냐."

나무판에서 멀리 떨어져서 봐도, 또 나무판에 코를 가까이 대고 바라보아도 그림 같아 보이지는 않는다.

굵은 선, 가는 선 여러 개가 겹쳐 있어서 마치 여러 마리의 지렁이가 얽혀 있는 것처럼 보였다.

"제가 보기에는 지렁이 여러 마리가 함께 놀고 있는 그림처럼 보이는데요."

"지렁이? 하하하. 지렁이처럼 보이다니, 그래도 내가 목판에 길들을 잘 새겼나 보구나."

"에? 이게 길이라고요?"

"맞다. 우리나라의 길이란다. 내가 몇 번이나 전국을 직접 걸으면서 만든 우리나라 길이지."

"아저씨가 이 많은 길들을 직접 걸었다고요?"

"그럼, 여기에서 멀리 떨어져 있는 백두산까지 가 보았단다. 그렇게 10년을 직접 내 발로 걷고 밟으면서 지도를 만들었지. 그것이 바로 지렁이 같아 보이는 이 길들의 어머니 격인 '청구도' 와 '동여도'란다."

"10년을요? 10년 동안 걸어서 지도를 만들었다고요?"

"뭘 그리 놀라느냐. 그러고도 또 오랜 기간 지도를 보완해서 더 정확하고 섬세한 지도를 만들었지. 그것이 바로 '대동여지도'란 다. 지금 '대동여지도'를 목판에 새기는 작업을 몇 년 동안 하고 있는 것이지."

아저씨 이야기를 듣고 있노라니 입이 다물어지지 않았다.

내가 살고 있는 시대에는 비행기도 있고 인공위성도 있기 때문에 하늘에서 우리나라가 어떻게 생겼는지, 우리 마을은 어떤 모양인지, 강진에서 서울까지 어떤 길로 가면 되는지 다 알 수 있다.

차를 타면 내비게이션이 친절하게 막히지 않는 빠른 길로 우리를 안내해 준다.

그런데 과학기술이 발달하지 않은 이 시대에 직접 걸어서 지도를 만들었다니, 입이 떡하고 벌어질 만큼 그저 놀랄 뿐이다.

"그런데 아저씨, 지도는 종이에 그렸는데, 그걸 왜 다시 목판에 옮겨 새기는 거예요? 목판에 새기니까 아저씨 손에 그렇게 상처가 많이 나잖아요."

"고놈 참, 궁금한 것이 많구나. 나는 세상에 꼭 필요한 지도를 만들고 싶었단다. 보기 편하고 지형도 한눈에 알 수 있는 그런 지도 말이다. 그런데 종이에 그려진 지도는 몇 명밖에 볼 수 없더구나. 이 지도를 목판에 새겨 종이에 찍어 낼 수 있다면 많은 사람에게 필요한 지도가 될 수 있겠지. 그래서 이 작업을 하고 있는 것이지."

아저씨와 이야기를 나누다 보니 입을 계속 벌리고 있는 나를 발견했다.

배가 고파서 입을 벌리고 있는 것이 아니라 놀라서, 감탄해서 벌리는 입이었다.

정확한 지도를 만들겠다는 생각으로 우리나라를 직접 걸어 다닌 그 집념에 놀랄 수밖에 없었다.

집에 돌아가면 꼭 박물관에 가서 아저씨가 직접 걸으며 그린 실제 대동여지도를 보고 싶었다.

아저씨가 한 걸음 한 걸음 직접 발로 걸으면서 손으로 그리고 목판에 새긴 그 대동여지도를 보면 지금 느끼고 있는 이 감동이 다시 밀려올 것만 같았다.

"그런데 아저씨! 아저씨는 오랫동안 지도를 만들었고 또 대동여지도를 목판으로 새기는 작업도 거의 완성했잖아요. 그러면 이제 더 하고 싶은 일이 있으세요?"

"더 하고 싶은 일이라……. 많지, 아주 많지. 내 일은 아직 끝나지 않았단다. 대동여지도를 만드는 하나의 과정이 완성되었을 뿐 지도를 만드는 내 일은 진행 중이야. 그동안 직접 조선 팔도를 걸으면서 보고 들었던 내용을 담은 책을 만들 거란다. 그 안에는 각 지방의 역사와 지형, 인구 등 조선의 모든 것을 담아 놓으려고 한단다. 대동여지도와 짝을 이루는 책을 쓰려고 생각하고 있지. 시간이 얼마나 더 걸릴지 모르겠지만 내가 죽기 전에는 완성되지 않을까."

"대동여지도를 만들면서 그렇게 고생하셨는데 또 책을 쓰신다고요?"

"지도를 만들고, 내가 알고 있는 많은 내용이 담긴 지리서를 쓰는 게 어찌 보면 내 운명인 것처럼 생각되는구나. 운명을 거스를 수는 없지 않겠느냐."

나 같으면 이제 좀 쉬었을 것이다.

충분히 많이 했으니 쉬어도 누구 하나 뭐라고 할 사람도 없다.

그런데 아저씨는 다르다.

많은 사람들이 볼 수 있도록 책으로 남기고자 했다.

그게 1년이 걸릴지, 2년이 걸릴지, 아니면 그보다 더 걸릴지 알 수 없는 일이다.

내가 봤을 때는 아저씨가 그리 젊게 보이지 않았다.

그 나이에 과연 책을 완성할 수 있을까?

하지만 책 이야기를 하는 아저씨는 단호하고 확신에 가득 찬 말투로 이야기했다.

아저씨 말만 들으면 내일이라도 책이 완성될 것만 같은 생각이 들었다.

나도 이런 확신에 찬 적이 있었나?

나도 이렇게 무언가를 이루기 위해 매달린 적이 있던가?

축구에서 2반을 꼭 이겨야 된다는 것, 엄마를 설득해서 용돈을 천 원 더 받아내는 것. 아저씨의 생각에 비하면 정말 보잘것없었다.

오늘 처음 만난 아저씨 앞에서 부끄러워진다.

"아저씨, 소변이 급해서 그러는데 화장실이 어디 있을까요?"

"화장실? 그런데 화장실이 뭐지?"

"음, 쉬~ 하는 곳이요."

화장실이 무슨 뜻인지 모르는 아저씨를 위해 오줌을 싸는 흉내를 냈다.

그제야 아저씨는 화장실의 뜻을 이해했는지 내게 위치를 알려주셨다.

화장실에 가기 위해 방문을 열고 나가자 빨간책이 깜빡깜빡 빛나기 시작했다.

아직 아저씨에게 물어볼 게 많이 남았는데, 지금 떠나야만 하는 것이 너무 아쉬웠다.

지금까지 생각해 보지 못한 용기와 집념이라는 낱말이 이렇게 확 다가올 줄은 몰랐다.

아저씨와 이야기를 나누면서 이 두 가지에 대해 다시 한번 생각할 수 있었다.

불빛이 더욱 빠르게 깜박이기 시작했다. 깜빡임이 사라지기 전에 빛나고 있는 페이지를 찾아 책장을 넘겼다.

이번에도 네 자리 숫자만 쓰여 있었다.

이러다 집으로 돌아가지 못하는 것은 아닌가 하는 걱정이 들었다.

하지만 걱정만 하고 가만히 있을 수는 없었다.

걱정만 하면서 행동을 하지 않으면 아무 일도 일어나지 않는다는 것을 그동안 빨간책에서 만난 아저씨들과 할머니로부터 배웠다.

결과가 어찌 되건 일단 행동으로 옮긴 후 그 결과에 따르면 된다.

두려워하지 않고 자신 있게 행동하는 것, 더 나은 상황과 결과를 만들기 위해 포기하지 않고 노력하는 것, 이 모두가 집념과 용기에서 비롯되는 것이다.

"가자! 그곳이 어디든 일단 가 보자! 지도 아저씨! 집으로 돌아가면 아저씨가 그린 지도 그림 꼭 보러 갈게요!"

"일! 팔! 구! 사!"

책에 쓰인 네 자리 숫자를 크게 외쳤다.

마지막 숫자를 외치자 책 속에 있던 숫자들이 내 눈앞에 나타났다.

이번에도 숫자들은 내 양팔과 두 다리를 감싸고 빙글빙글 돌기 시작했다.

"고이이끄며으이~ 이자시! 다이가내 느에끄!"

또다시 숫자들이 중얼대는 기분 나쁜 소리가 들려왔다.

숫자들과 이야기를 할 수만 있다면 주문을 바꾸라고 말하고 싶다.

'수리수리 마수리', '아브라카타브라' 등 얼마나 멋지고 우아한 주문들이 많은데, 이 자식도 아니고 '이자시'는 뭐냐!

그리고 다이가내는 '다이소' 짝퉁도 아니고!

이런 주문을 누가 만들었는지 참 한심하다.

숫자들은 내가 알아들을 수 없는 주문을 빠르게 외우기 시작했다.

숫자 하나가 주문을 시작하니 나머지 세 개의 숫자들도 함께 주문을 따라 했다.

주문이 반복되자 몸이 붕 뜨더니 빙글빙글 돌기 시작했다.

"안나라수마나라! 안나라수마나라!"

"세두나~~~~하!"

7

1894년_ 녹두장군 전봉준과 파랑새

'세두나~하'라는 소리와 함께 강한 빛이 눈앞을 지나갔다.

눈을 뜰 수 없어서 잠시 감은 채로 있었다.

번쩍이는 빛들이 사라지자 천천히 눈을 떴다.

이번에도 눈앞에는 새로운 장면이 나타났다.

"아우, 추워라!"

하필 여기도 겨울이다.

봄, 여름, 가을 좋은 계절도 많은데 또 추운 겨울이라니 정말 재수가 없다.

어느 계절에, 어떤 장소로 올지 모르니 옷을 어떻게 입어야 할지 준비를 할 수가 없었다.

그런데 생각해 보니 혹 어떤 시대의 어느 날로 가는지 알 수 있더라도 마땅히 무언가를 챙길 수는 없을 것 같았다.

원래 내가 있던 곳이라면 가능하겠지만 방금처럼 과거에서 다시 과거로 이동한다면 두꺼운 점퍼를 챙길 수 있는 것도 아니고, 그렇다고 핫팩을 준비할 수 있는 것도 아니다.

고작 그 당시 사람들이 겨울철에 입던 솜으로 된 옷 정도 준비할 수 있을 것이다.

그러나 그런 것도 돈이 있어야 살 수 있지.

이렇게 잠깐 있다가 다시 다른 곳으로 이동하는 나에게는 그림의 떡일 뿐이었다.

"아휴…… 어쩌나, 우리 장군님 불쌍해서 어째."

"그러니까, 진짜 잡아갈 놈들은 따로 있는데 말이여."

"때려죽일 놈들. 처음에는 양반들이 그렇게 뺏어 가드만 이제는 일본 놈들이 다 뺏어 갈려고 그러네."

"그러게 말이여. 그래도 장군님이 계실 때는 양반 놈들이랑 일본 놈들에게 기를 펼 수 있었는데. 이젠 쥐 죽은 듯 조용히 살아야것어."

"그니까 말이여. 이젠 누구한테 도와달라고 해야 할지 모르겠네그려."

사람들은 큰 소리로 말하지 못하고 소곤소곤 이야기를 하고 있었다.

누가 잡혔길래 저렇게 슬퍼하는지도 궁금했다.

아빠가 집에 있을 때 가장 많이 보는 프로그램이 뉴스였다.

재미도 없는 그런 프로그램을 왜 보는지 이해할 수는 없었지만, 아빠는 다른 어떤 예능보다 더 집중해서 재미있게 뉴스를 보았다.

그리고 보니 아빠는 뉴스를 볼 때면 TV 앞에서 화를 내기도 하고 웃기도 하고 슬퍼하기도 했다.

어떤 때는 혼잣말도 하곤 했다.

그런 모습을 보면서, 혹시 아빠가 스트레스를 너무 많이 받아 정신이 이상해진 것은 아닌가 하는 걱정도 했었다.

아빠가 보던 뉴스를 옆에 앉아서 함께 본 적도 몇 번 있었다.

뉴스에는 범인들이 경찰에게 잡혀서 고개를 숙이고 있는 모습이 자주 나왔다.

경찰에게 잡힌 사람은 범죄자이기 때문에 비난받아 마땅하고, 감옥에 가는 것이 당연한 일이다.

그게 내가 생각하는 정의이고 바른 사회의 모습이다.

그런데 지금 내 눈앞에 보이는 광경은 아빠와 함께 뉴스에서 보던 그런 모습이 아니었다.

분명히 범죄자처럼 보이는 사람들이 경찰에게 잡혀가는 중인데, 옆에 따라가는 사람들이 슬퍼하고 있다.

그들은 끌려가는 범죄자를 욕하는 것이 아니라 범죄자를 끌고 가는 경찰처럼 보이는 사람들을 욕하고 있었다.

아무리 생각해도 상식적으로 이해가 되지 않는 장면이다.

"아주머니, 근데 저 사람이 누군데 다들 이렇게 슬퍼해요?"

"아이구, 젊은이. 저분을 어떻게 모를 수가 있어? 저분은 우리 대신에 나쁜 양반들 혼내 주고 먹을 양식도 주신 전봉준 장군님이셔."

아주머니는 눈물을 흘리며 말씀하셨다. 전봉준이라…… 어디서 많이 들어 본 이름이었다.

"전봉준이요? 그 녹두장군 전봉준 말하는 거예요?"

"떼끼 이놈아! 장군님 성함을 그렇게 함부로 부르면 안 되지!"

"아, 죄송합니다……."

너무 놀라 나도 모르게 녹두장군 전봉준이라고 소리를 질렀다.

그러자 옆에 서 있던 아저씨가 인상을 찌푸리며 나를 혼내셨다.

동학농민운동이라는 내용을 역사책에서 읽은 적이 있다.

사실 동학농민운동에 대해서는 거의 기억이 나지 않지만, 딱 하나 또렷하게 기억하고 있는 것이 있었다.

그것은 바로 '전봉준'이라는 이름 세 글자다.

그 이름을 지금까지 잊지 않고 기억하고 있었다.

그래서 사람들이 하는 이야기 가운데 '전봉준'이라는 이름이 나오자 나도 모르게 화들짝 놀랐던 것이다.

내 눈앞에 있는 전봉준 아저씨를 여기서 그냥 보내면 안 되겠다고 생각했다.

아저씨에 대해서 궁금한 것도 많고, 물어보고 싶은 것도 있었다.

그래서 경찰 같은 사람이 잡아가고 있는 아저씨 뒤를 조용히 따라갔다.

아저씨를 따르는 사람은 나뿐만이 아니었다.

많은 사람들이 추운 날씨에도 불구하고 눈물을 흘리며 터벅터벅 아저씨 뒤를 따르고 있었다.

"내가 잡혀간다 해도 그대들은 포기하지 마시오. 우리가 사는 우리 땅은 우리가 지켜야 하고 우리의 권리 또한 우리가 찾아야 하는 것이오! 이 나라의 주인은 양반도 아니고, 임금도 아니오. 이 나라의 진정한 주인은 바로 백성들이오. 반드시 명심하시오."

나는 쩌렁쩌렁한 목소리에 깜짝 놀랐다.

잡혀 가는 죄인의 힘 없는 목소리가 아니었다.

당당했고 자신감이 있었으며 비장해 보였다.

아저씨의 목소리를 들으니 장군이라는 이름을 왜 붙였는지 알 수 있을 것 같았다.

이게 어찌 범죄자의 목소리라고 할 수 있으며, 죄가 있는 사람의 태도라고 할 수 있을까?

그를 범죄자라고 생각해서 이렇게 잡아가는 것은 분명히 잘못된 것이라는 확신이 들었다.

하지만 지금 내가 전봉준 아저씨를 구할 방법은 딱히 없었다.

그저 체포되어 가고 있는 아저씨 뒤를 따라갈 뿐이다.

"장군님, 장군님은 죽음이 두렵지 않으세요?"

긴 칼을 바지에 차고 검은 총을 들고 걸어가고 있는 군인들의 (아무래도 경찰은 아닌 것 같고 일본 군인처럼 보인다) 눈을 피해 살며시 아저씨 옆으로 다가갔다.

그러고는 최대한 작은 목소리로 물어보았다.

"죽음이라……."

지금 묻지 않으면 아저씨의 생각과 삶을 알 수 없을 것만 같았다.

"젊은이가 방금 죽음이 두렵냐고 내게 물었는가?"

"아, 네……. 이렇게 잡혀가면 분명 죽을 게 뻔해 보여서요."

"그렇겠지. 죽게 되겠지. 그들은 자기들에게 협력한다면 목숨을 살려 주고, 평생 떵떵거리며 살 수 있는 큰돈을 주겠다고도 하겠지. 하지만 나는 그들에게 협조하지 않을 걸세. 그렇기에 고문을 당하고 만신창이가 되어 죽겠지. 하지만 두렵지는 않다네. 두려움은 내가 잘못한 것이 있을 때 생긴다네. 나는 우리나라를 구하기 위해 싸웠으며 또한 잘못된 세상을 바로잡고자 했기에 추호도 잘못한 것이 없다네. 잘못한 것이 없으니 당연히 죽음에 대한 두려움도 없겠지. 내 잘못이라고 한다면 백성을 사랑한 것밖에 없지. 죽음은 두렵지 않으나 아직도 양반들과 탐관오리들의 수탈에 시달리는 가난한 농민들을 구하지 못한 것이 원통하네. 또한 우리 땅에 발붙이며 우리 민족을 위협하는 일본을 내쫓지 못한 것이 평생의 한으로 남을 걸세."

아저씨의 말에는 힘이 있었다.

아저씨가 하는 말은 꼭 살아 있는 생명체 같았다.

자신보다 백성들을, 그리고 우리나라를 먼저 생각하는 아저씨의 말씀에 마음이 찡해졌다.

내가 가진 것이 제일 중요하다고 생각하고, 내 뜻대로 하지 못하는 것을 속상해했던 삶이 부끄러웠다.

"그런데 아저씨. 아저씨는 군인들과 싸우는 게 무섭지 않았나요?"

"무섭지 않았다고 하면 그것은 거짓말이겠지. 그들에겐 칼과 총이 있다네. 보기만 해도 소피를 지릴 만큼 두렵지. 피하고 싶지, 한달음에 도망가고 싶다네. 하지만 내가 도망가면 내 뒤에 있는 가난한 백성들은 어떻게 되겠는가? 그들은 도망가지도 못하고 밟히고 죽을 수밖에 없네. 그래서 맞서 싸운 것이라네."

"그런데 아저씨 편은 제대로 된 칼이나 총이 없었던 것으로 아는데, 어떻게 싸우셨어요?"

"사발에 통문을 써서 우리의 뜻을 주위에 알렸다네. 고부 관아를 점령하고 군수인 조병갑의 목을 베기로 했지. 그리고 무기고와 화약고를 점령하여 우리 스스로를 지킬 수 있는 무기를 확보하기로 했네. 또한 군수에게 빌붙어 백성을 괴롭히는 사람들에게 벌을 내리겠다는 우리의 결의도 사발통문에 기록했지."

"어떻게 되었어요? 성공했어요?"

"성공했지. 천여 명의 농민들과 함께 관아로 쳐들어갔다네. 하지만 군수 조병갑은 이미 도망가고 없었어. 조병갑은 놓쳤지만 우리는 곳간으로 가서 농민들에게 빼앗은 곡식을 다시 농민들에게 나누어 주었지. 그리고 억울한 누명을 쓰고 감옥에 갇혀 있던 사람들도 풀어 주었다네."

"그러면 문제가 잘 해결된 것 아니에요?"

"나도 그런 줄 알았다네. 하지만 얼마 지나지 않아 이용태라는 자가 관아에 쳐들어온 죄를 묻기 시작했다네. 그 사건과 관련 없는 사람들까지 모조리 잡아들이고, 재산을 빼앗고 집을 불태웠다네. 도저히 참을 수가 없었지."

아저씨에게는 죽음의 문턱을 향해 가고 있는 사람의 슬픔이나 두려움이 보이지 않았다.

그저 그때의 상황을 구체적이고 생생하게 내게 이야기할 뿐이었다.

아저씨와 지금 나눈 이야기를 사람들에게 잘 전해 주어야 할 것만 같았다.

"그런데 아저씨, 저기 옆에 있는 사람들은 우리나라 사람이 아닌 것 같아요. 누구예요?"

"저들은 일본인일세. 청나라가 조선에 군대를 보낸다고 하니 우리 조선을 돕는다는 목적으로 조선에 들어왔지. 하지만 나는 이미 알고 있었다네. 그들의 진짜 속내는 우리 조선을 손에 넣으려는 것이었지."

"그런데 아까 이용태라는 사람이 또 나쁜 짓을 해서 참을 수 없다고 했잖아요. 그래서 어떻게 하셨어요?"

"힘없는 백성들이 죽어가는 것을 그저 지켜볼 수만은 없었지. 그래서 농민들과 힘을 모아 한양으로 진격했지."

아저씨는 잠시 눈을 감고 생각에 잠겼다.

"결국 임금님은 우리가 요구한 개혁안을 받아 주셨다네. 하지만 이를 안 일본은 자신들이 제시한 개혁안 이외의 것을 실시하려 했다는 이유로 임금님이 계시는 경복궁을 기습해서 많은 사람을 죽이고, 친일 세력의 사람들을 주요 관직에 임명했다네. 그리고 사사건건 우리 정치에 관여했지. 그래서 다시 농민들을 모아 싸우기로 했다네."

"정말로 일본 군인들과 싸우셨어요?"

"그랬지. 우리 4만여 명의 농민들은 공주 우금치 고개에서 일본군을 만났다네. 처음에는 우리가 우세했지만 사거리가 긴 신식총과 대포 앞에서 속절없이 당할 수밖에 없었지. 결국 많은 동료들이 우금치 고개에서 죽게 되었고, 죄 없는 백성들을 잔인하게죽인 일본에 분노가 치밀었지. 하지만 믿었던 동료가 배신하는 바람에 복수를 하지도 못하고 지금 이런 신세가 되었네. 그래서 더욱 슬프고, 피 흘려 죽어간 동료들에게도 미안할 따름이지. 죽어서 동료들을 만난다면 고개를 들 수가 없을 것 같네."

"거기! 지금 죄수와 무슨 말을 하고 있는 것이냐! 썩 꺼져라! 악질 죄수이니 근처에는 얼씬거리지도 말아라!"

"한 번 더 죄인에게 말을 걸면 너도 양손을 묶어서 잡아가도록하겠다!"

일본 군인이 나를 쳐다보며 날카로운 목소리로 소리를 질렀다.

어느새 그들의 오른손은 칼집에 가 있었다.

전봉준 아저씨와 더 이야기를 나누면 칼이 내 목을 향할 것만같았다.

아저씨와 이야기하는 동안에 누가 진짜 죄인이며 또 누가 진짜

나라를 위한 사람인지 정확하게 알 수 있었다.

한양으로 체포되어 가는 아저씨를 더 이상 따라갈 수는 없었다.

그러나 저렇게 한양까지 끌려간다면 분명히 그곳에서 죽을 것이다.

없는 죄도 만들어서 고문을 하고 죽일 것이다.

아저씨의 모습이 점점 멀어져 간다.

하지만 당당하면서도 또렷하게 말하던 아저씨의 뒷모습은 여전히 내 마음 속에 선명하게 새겨져 있었다.

"내 무릎은 땅에 꿇릴 수 있어도 내 정신까지 굴복시킬 수는 없다. 네놈들이 조선 땅을 손에 넣는다 할지라도 우리 조선 백성들은 너희 마음대로 움직이지 않을 것이다!"

마지막까지 쩌렁쩌렁 용기 있게 외치던 아저씨의 목소리가 굽이굽이 메아리쳐 들려온다.

아저씨의 목소리에 마음이 뭉클해졌다.

죽으러 가는 길인 것을 알면서도 저렇게 당당할 수 있다니, 그런 용기는 어디에서 나오는 것일까?

아저씨의 당당함과 용기에 난 그저 놀랄 뿐이었다.

갑자기 주위에서 노랫소리가 들리기 시작했다.

작은 소리였지만 분명히 노래였다.

사람들은 눈물을 흘리면서 전봉준 아저씨를 따라가면서 노래를 부르고 있었다.

새야 새야 파랑새야
녹두밭에 앉지 마라
녹두꽃이 떨어지면
청포 장수 울고 간다
새야 새야 파랑새야
우리 논에 앉지 마라
새야 새야 파랑새야
우리 밭에 앉지 마라
아랫녘 새는 아래로 가고
윗녘 새는 위로 가고

파란 군복을 입은 군인들이 노래 부르는 사람들을 째려보았다.
노래를 그만 부르라는 무언의 명령이었다.

사람들은 잠시 노래를 멈췄지만 걸어가면서 다시 노래를 이어
갔다.

"우리 녹두장군님, 이제 어쩐다냐."

"긍께 말이여. 이대로 한양으로 가면 죽을 것이 분명한데."

"우리도 이제 저놈들 때문에 다 죽게 생겼네. 청포 장수들도 다

죽게 생겼구먼."

사람들이 하는 말은 노래를 더 슬프게 만들었다.

아저씨의 마지막 모습을 더 보고 싶었지만 빨간책이 반짝반짝 빛나기 시작했다.

이제 여기를 떠날 시간이 되었다.

이제는 어느 시대로 가게 될까?

집으로 돌아갈 수는 있을까?

마음이 불안하다.

하지만 내가 집에 가고 싶다고 해도 갈 수 있는 것이 아니다.

빨간책이 나를 집으로 보내 줘야 돌아갈 수 있다.

이제는 어디든 좋다.

집이든 아니면 다른 시대든 빨간책이 보내 주는 곳으로 가면 된다.

이렇게 생각하니 마음이 한결 가벼워졌다.

빛이 나는 페이지를 찾아 조심스럽게 책장을 넘겼다.

Λ와 Ω

'시작이 있으면 끝이 있고 끝에는 내가 있다.'

새로운 숫자가 아니었다.

낯익은 기호와 글자가 눈에 보였다.

기호와 글자를 보는 순간 마음이 놓였는지, 몸에 힘이 쭉 빠지기 시작했다.

나도 모르게 눈에 눈물이 그렁그렁 맺혔다.

'휴…… 이제야 집으로 돌아가는구나. 엄마 아빠를 볼 수 있게 되었어……'

안도의 한숨이 나왔다.

하지만 한편으로는 용기 있게 행동하는 사람들을 더 많이 만나고픈 마음도 있었다.

그들과 이야기를 나누면서 내가 가지고 있지 못한 용기를 얻고 싶었다.

빨간책이 더 요란하게 빛을 내기 시작한다.

지금은 새로운 시대가 아닌 집으로 돌아갈 때라고 빨간책이 말해 주는 것만 같았다.

언젠가 선생님이 하셨던 말씀이 떠오른다.

모든 여행은 끝이 있기에 시작이 있다고.

집으로 돌아가야 다시 새로운 여행이 시작될 수 있다.

8

현재, 오후 2시 50분

눈을 떴을 때는 도서관 안이었다.

시간은 여전히 빨간책 속으로 여행을 떠났던 2시 50분에 머물러 있었다.

한동안 멍하니 시계를 쳐다보았다. 시계는 움직이지 않고 있었다.

자세히 보니 건전지 약이 다 떨어졌는지, 시간과 분을 나타내는 숫자 사이의 땡땡 모양이 움직이지 않고 있었다.

평소와 달리 이번에는 세 명의 아저씨를 연달아 만나서 그런지, 여행 시간이 길게 느껴졌다.

머리가 띵하고 몸도 더 찌뿌둥했다.

고개를 돌려 도서관 창문을 바라보았다.

창문 너머로 보이는 밖은 깜깜했다.

도서관 안에는 아무도 없었고, 너무 고요했다.

평상시와 다르다는 것을 한 번에 알아챌 수 있었다.

다시 시계를 바라보았다. 시계는 여전히 2시 50분을 나타내고 있었다.

하지만 2시 50분이라면 밖이 환해야 하는데, 창문 너머에는 까만 어둠만이 있었다.

시계를 한 번 보고 다시 창문을 바라봤다.

무언가 이상하다는 느낌이 들었다.

스마트폰을 꺼내 화면을 열어 시계를 보니 8, 22라는 숫자가 눈에 들어왔다.

2, 50이 아니었다.

눈을 크게 뜨고 다시 한번 스마트폰 액정 화면을 뚫어져라 쳐다봤다.

"8시 22분?"

다시 스마트폰 시계를 쳐다봤다.

확실히 8시 22분이었다.

그래서 도서관 창문 너머로 보이는 밖이 어두웠던 것이다.

스마트폰 패턴을 해제하니 부재중 전화가 100통이 넘게 와 있었다.

엄마, 엄마, 엄마, 엄마, 엄마가 100번 넘게 전화를 한 것이다.

저녁 6시면 이미 집에 도착하고도 남을 시간인데, 그때까지 아들이 집에 오지 않았으니 당연히 내게 전화를 걸었을 것이다.

그런데 아무리 전화를 해도 내가 받지 않으니 엄마는 얼마나 놀라셨을까.

"여보세요! 동철이니?"

"네, 동철이예요."

"동철아, 지금 어디니? 엄마가 지금 갈게. 어디야?"

전화기 너머로 다급하고 흥분된 엄마의 목소리가 들려왔다.

엄마의 목소리가 떨리는 것이 느껴졌다.

얼마 지나지 않아 밖에서 경찰차 사이렌 소리가 들리고, 여러 사람이 학교 안으로 들어오는 게 보였다.

잠시 뒤 학교 안이 환해지고, 도서관 쪽으로 사람들이 뛰어오는 발걸음 소리가 점점 커졌다.

"동철아!"

"동철아! 몸은 괜찮아? 어디 다친 데 없어?"

"엄마가 얼마나 걱정했는데! 엄마 전화도 안 받고!"

도서관 안으로 뛰어들어 온 엄마는 나를 꽉 안으며 꺼이꺼이 우셨다.

엄마가 이렇게 크게 우는 것은 처음 봤다.

그리고 어디 다친 데는 없는지 내 몸 구석구석을 살펴보았다.

"동철이 너, 여기 계속 있었니?"

"네, 여기서 책을 읽다가 잠이 들었어요. 눈을 떠 보니 어두워졌더라구요."

"어머니, 일단 아들을 찾았으니 다행이네요. 동철이도 놀랐을 테니 어서 집으로 데리고 가세요. 그리고 아이를 찾았으니 실종 신고는 취소하도록 하겠습니다."

"감사합니다. 감사합니다."

겨우 눈물을 멈춘 엄마는 경찰관 아저씨에게 연거푸 감사하다는 말을 했다.

옆에 있던 아빠는 내게 할 말이 많아 보이는 얼굴이었지만 아무 말도 하지 않으시고 조용히 나를 안아 주기만 했다.

하지만 아빠 역시 눈에는 눈물이 그렁그렁했고 조금만 건드리면 쏟아질 것만 같았다.

집으로 가는 동안 엄마 아빠는 아무 말도 하지 않으셨다.

아빠는 앞만 보고 운전만 하셨고 엄마는 내 손을 꽉 잡고 계셨다.

집에 도착해서도 엄마 아빠는 궁금한 것이 많으신 것 같았지만, 내가 편히 잘 수 있도록 아무것도 묻지 않았다.

아마도 궁금한 것들은 내일 물어볼 것 같았다.

침대에 누워 오늘 있었던 일들을 생각해 보았다.

평상시처럼 도서관에 갔고 900 역사 서가에서 빨간책을 꺼내 펼쳤다.

그리고 책에 쓰인 네 자리 숫자를 읽었고 잠이 들었다.

눈을 떴을 때는 네 자리 숫자에 해당하는 시대로 이동했고, 그곳에서 세 명의 아저씨들을 만났다.

맞다!

평소와 다른 것이 있었다.

평소에는 과거에서 누군가를 만난 뒤에는 바로 현재로 돌아왔다.

하지만 이번에는 현재로 오지 않고 연거푸 두 번이나 다른 시대로 이동했다.

그 때문에 시간이 길어진 것이었다.

그런데 왜 도서관 안에 있던 시계는 2시 50분을 나타내고 있었지?

분명히 두 번이나 시계를 확인했는데, 두 번 다 2시 50분이었다.

원래대로 한 곳만 갔다가 현재로 돌아왔어야 했는데 무슨 문제가 있었나?

아니면 지금까지 그랬던 것처럼 한 곳을 갔다가 현재로 돌아왔던 게 아닐까?

그래서 시계가 정확하게 2시 50분을 나타냈던 것인가?

하지만 나머지 두 번의 시간 이동은 진짜로 꿈을 꾼 게 아닐까?

아니면 누군가가 빨간책과는 상관없이 나를 그 시대로 보낸 것은 아닐까?

그리고 나는 도서관에 계속 있었는데, 사람들이 왜 나를 찾지 못했지?

방과 후 수업에 가지 않았으면 방과 후 선생님이 엄마에게 전화나 문자로 알렸을 텐데.

그러면 당연히 엄마는 내게 전화를 했을 테고, 내가 전화를 받지 않고 집에도 오지 않았으면 학교부터 찾아 보셨을 텐데.

참 이상하다. 왜 나를 못 찾았지?

그리고 또! 사서 선생님이 퇴근하실 때 도서관에 반납된 책들을 정리하면서 도서관 안을 둘러보셨다면 책상에 엎드려 있는 나를 발견했을 텐데, 왜 못 보셨을까?

생각하면 할수록 머릿속이 복잡해진다.

생각이 꼬리에 꼬리를 물고 더욱 길어진다.

심하게 얽혀 있는 생각들을 떠올리는 중에 불현듯 빨간책이 생각났다.

도서관에 엄마 아빠와 경찰관 아저씨들까지 갑자기 들어오는 바람에 빨간책을 서가에 꽂아 두는 걸 깜빡했다.

그대로 책상에 올려 놓은 것 같은데 확실하지 않다.

나도 너무 놀라서 빨간책이 책상 위에 있었는지 정확히 기억나지 않는다.

내일 학교에 가면 도서관으로 바로 가서 확인해 봐야겠다.

몸은 침대에 있지만 생각은 아직도 도서관의 900 역사 서가 앞에 있었다.

한참 동안 복잡하게 얽힌 생각의 실타래를 나름대로 풀어 보려고 노력했지만 헛수고였다.

더 얽히기만 했다.

"아! 그 아저씨들!"

복잡하게 얽힌 생각에 빠져 있느라 빨간책 안에서 만난 세 명의 아저씨를 잊고 있었다.

나에게 한자를 잘 읽는다고 칭찬해 준 우리 동네에 살던 아저씨, 커다란 지도를 만드신 지도 왕 아저씨, 마지막으로 군인들에게 끌려가는 와중에도 당당했던 녹두장군 아저씨. 세 분과 만났던 기억이 떠올랐다.

세 분 모두 용감하신 분들이었다.

자신이 해야 할 일이 무엇인지 정확히 아셨고, 그 일을 위해 열심히 노력하셨다.

두려워할 법도 한데 물러서지 않았고, 이겨내기 위해 부단히 노력하신 모습을 통해 진정한 용기가 무엇인지 알려 주신 분들이었다.

그런데 왜 이번에는 세 분을 연속해서 만나게 됐을까?

시간이 2시 50분에 고정되어 있는 것으로 보면 서로 다른 세 시대가 연결되는 공통 지점이 분명히 있을 것이다.

그래서 시간은 바뀌지 않았을 테고 나는 빨간책 안에서 시대만 달리 이동한 것은 아닐까?

빨간책이 내게 하고픈 말이 있는 게 분명했다.

빨간책 안에서 만났던 사람들은 모두 내게 알려준 것이 정확하게 있었다.

손재주가 좋아 여러 발명품을 만든 장영실 아저씨는 내게 감사하는 마음을 가르쳐 줬고, 전투에서 죽음을 맞이한 이순신 장군과 정조대왕은 용기가 무엇인지 알게 해 주었다.

금강산에서 만난 김만덕 할머니와 강진에서 만난 정약용 아저씨는 다른 사람을 도우며 살아가는 방법을 알게 해 주었다.

김정호 아저씨로부터는 포기하지 않는 마음을 배울 수 있었고, 녹두장군 전봉준 아저씨에게는 꺾이지 않는 당당함을 배울 수 있었다.

　침대에 누워 이분들과의 만남을 생각하니 웃음이 나왔다.
　전쟁의 한가운데에 떨어져서 어찌나 무서웠는지 눈물이 날 뻔
했고, 한 번도 가 보지 못했던 금강산의 아름다운 모습도 보았다.
　방과 후 한자 교실에서 배웠던 한자 실력을 《목민심서》를 쓴 아
저씨 앞에서 뽐내기도 했고, 추위에 벌벌 떨며 살기 위해 아무 집
이나 들어갔던 적도 있었다.
　내 기억에는 모두 선명하게 남아 있지만 엄마나 아빠, 그리고
주위 사람들은 아무도 이 사실을 믿어 주지 않을 것만 같았다.
　그러다 언제 잠이 들었는지도 모르게 잠이 들었다.
　눈을 뜨니 여느 때와 마찬가지로 해가 떠 있고 아침이 되어 있
었다.
　어젯밤에 침대에 누웠을 때 처음에는 잠이 오지 않았다.
　잠을 자려고 몸을 계속 뒤척였지만 머릿속이 복잡해서 그런지
쉽사리 잠이 오지 않았다.
　엄마 아빠가 번갈아 가며 조용히 내 방문을 열었다.
　아마도 아들이 방에 잘 있는지 확인하고 싶어서였을 것이다.
　그도 그럴 것이, 두 분은 몇 시간 전만 해도 눈물을 흘리며 집
나간 아들을 찾아 헤맸다.

결국 아들을 찾기는 했지만 어떤 이유로 밤늦게까지 집에 들어오지 않았는지는 알지 못하고 있었다.

그 이유를 모르니 아들이 또 집을 나갈 수도 있을 거라는 걱정이 가득할 수밖에 없었을 것이다.

혹은 내가 더 나쁜 선택을 할지도 모른다는 염려 때문에 제대로 잠을 자지 못하셨을 것이다.

조용히 내 방으로 들어온 엄마는 내가 숨을 쉬고 있는지 확인하기 위해 내 입과 코에 귀를 갖다 대셨다.

아직 잠이 깊게 들지 않았던 때라, 엄마가 어떤 행동을 하고 있는지 대충 알 수 있었다.

눈을 뜰까 말까 고민했지만 뜨지 않고 잠을 자는 척했다.

내가 잠을 자지 않고 있다는 것을 알면 엄마는 미루어 두었던 질문을 따발총처럼 쏟아 낼 것이 분명했다.

앞으로 몇 시간 후면 일어날 일을 굳이 지금부터 하고 싶지 않았다.

그렇게 엄마 아빠는 내 방을 들락날락하며 아들의 생사 여부를 계속 확인했다.

내가 이 집을 나갈 생각은 과거에도 없었고, 지금도 없으며, 앞으로도 없다.

누가 나가자고 해도 편안한 집을 떠나기도 싫다.

게다가 내 멋진 삶을 자살이라는 이름으로 마무리하는 것은 꿈에서조차 생각하지 않았다.

그저 빨간책을 펼쳐 본 상황이 나를 가출 소년처럼 만들었을 뿐이다.

물론 엄마, 아빠의 잔소리와 지긋지긋한 싸움 등이 가끔 나를 가출하고 싶게 만들기는 했다.

하지만 생각만 했을 뿐 실행한 적은 없다.

실행하고 싶지도 않다.

집 나가면 개고생이라고, 그나마 먹을 것이 있고 따뜻하게 누워서 잘 곳이 있는 우리 집이 좋다.

가끔 힘들다, 지긋지긋하다, 집을 나가고 싶다고 이야기하는 친구들도 있었다.

그런 이야기를 계속 듣다 보면 나도 모르게 한 번 해 볼까 하는 생각이 들기도 한다. 내 생각과는 달리 그런 상황이 마음을 움직이게 만드는 것이다.

그런 상황에서 실제로 움직일지, 아니면 잠깐 멈추고 생각할지는 나에게 달려 있다.

어떻게 판단하느냐에 따라 내일이 달라지게 된다.

힘든 삶 속에서 스물스물 다가오는 친구들의 유혹은 이겨내기

어렵다.

그때 내 마음속에서 빛나고 있는 빨간책을 바라본다.

그리고 나에게 용기를 내라고 말하는 그분들의 목소리를 든
는다.

빨간책에서 만난 역사 인물들에게

안녕하세요, 장영실 아저씨.

아저씨를 처음 만났을 때 제가 얼마나 놀랐는지 아세요?

과거로 간 것도 놀랄 일이었는데, 거기에 웬 사람이 긴 머리카락을 흩날리고 피를 흘리면서 제게 걸어오고 있었으니까요.

정말 귀신인 줄 알고 심장이 터질 뻔했어요.

하지만 아저씨가 제게 도와달라는 말을 했을 때 어찌나 기쁘던지요.

사람을 잡아먹는 귀신은 있어도 자기를 도와달라는 귀신은 없잖아요.

아저씨 집에 도착해서야 아저씨가 장영실인 줄 알게 되었어요.

그래서 놀랍기도 하면서 기뻤어요.

왜냐하면 제가 좋아하는 역사 인물 중 한 명이 아저씨였거든요.

아저씨는 노비 신분이었지만 높은 벼슬까지 올라간 대단한 분이잖아요.

아저씨는 제게 '별의 아이'에 대해 이야기해 주셨지요.

기억나세요?

저는 그 이야기가 아직도 기억나요.

제 부모님에게도 저는 소중한 '별의 아이'겠구나 하는 생각을 했거든요.

그리고 아저씨가 사람은 하지 못할 핑계를 찾는 것이, 할 수 있는 이유를 찾는 것보다 더 쉽다고 하셨잖아요.

그게 딱 저였어요.

핑계를 찾고 투덜댔던 게 바로 저였으니까요.

아저씨가 했던 이야기가 모두 저에게 하는 말처럼 들렸어요.

아저씨 옆에서 몸이 나을 때까지 더 있어 드리고 싶었지만 그러지 못해서 죄송해요.

아저씨가 주무시고 계셔서 제대로 인사도 못 했네요.

빨리 나으셔서 이제는 남의 것을 만들고 고치는 것이 아니라 아저씨가 정말 하고 싶은 것들을 하면서 사셨으면 좋겠어요.

항상 건강하세요.

이순신 장군님의 아들분께.

아직도 아버지의 죽음이 믿기지 않으실 거예요.

저도 제 눈앞에서 엄마나 아빠가 죽는다면 너무 슬플 것 같아요.

상상하기도 싫은 일이에요.

아버지는 정말 대단하신 분이세요.

이순신 장군님이 계시지 않았다면 우리나라도 아마 없었을 거예요.

처음에 실제 이순신 장군님을 봤을 때는 너무 무서웠어요.

갑옷을 입고 수염이 긴 사람이 번쩍이는 칼을 들고 있었거든요.

그런데 제가 집에 돌아가고 싶다고 울었을 때 이순신 장군님이 제게 따뜻하게 말을 해 주셔서 너무 고마웠어요.

그렇지 않아도 이순신 장군님의 팬이었는데, 이제는 더 찐팬이 되었어요.

이순신 장군님은 나라를 위해 목숨을 바친 분이세요.

책에서 본 모습보다 직접 옆에서 본 모습이 더 멋있는 분이셨어요.

이순신 장군님의 아들분도 분명히 아버지처럼 용기 있는 분일 거예요.

돌아가신 이순신 장군님도 아들이 지금보다 더 멋지게 살기를 원하실 거예요.

저도 멀리서 팍팍 응원해 드릴게요.

멋진 정조대왕 아저씨께.

처음에 아저씨를 만났을 때는 왕이 아닌 줄 알았어요.

원래 왕들은 멋진 빨간색 한복을 입고 커다란 궁궐에 살잖아요.

그런데 대왕님을 처음 본 곳은 시장이었고, 빨간색 옷도 입고 있지 않으셔서 그냥 양반 중에 한 명이라고만 생각했어요.

그래도 아저씨가 있어서 그 시전상인들이 더 행패를 부리지 않았던 것 같아요.

집에 돌아와서 시전상인이 어떤 사람들인지 찾아봤어요.

그때 아저씨가 금난전권이라는 말을 하면서 화를 냈던 모습도 기억이 나요.

그리고 금난전권을 없애면 많은 양반들이 반대할 거란 말을 들었을 때는 논리적으로 반박도 했잖아요.

그 모습이 정말 멋있었어요.

사실 처음에는 금난전권이 정확히 무엇인지 몰랐어요.

그래서 돌아와서 책을 찾아봤어요.

처음에는 좋은 의도로 만들어진 법인데도, 꼭 그걸 나쁘게 사용하는 사람들이 있더라고요.

금난전권도 마찬가지였어요.

하지만 누구 한 명 그 법을 바꾸지 못하고 있었죠.

워낙 반대가 심했으니까요.

하지만 아저씨가 반대를 무릅쓰고 그 어려운 걸 해냈잖아요.

왕이라도 쉽지 않은 일이었을 텐데 말이에요.

제가 제일 좋아하는 왕은 세종대왕이었는데, 아저씨를 만나고 나서는 제 원픽이 아저씨로 바뀌었어요.

아프지 말고 오래 사셔서 백성들을 위해 좋은 법을 많이 만들어 주세요.

아저씨가 원픽인 나동철 올림.

김만덕 할머니께.

할머니, 저 기억나세요?

금강산에서 만났던 강진에 사는 아이예요.

호랑이에게 물려갈까 봐 걱정된다고, 함께 가자고 하셨잖아요.

호랑이 이야기를 듣고 얼마나 깜짝 놀랐는지 몰라요.

동물원에서만 봤지, 실제 산에서 사는 호랑이를 만난 적은 없거든요.

저는 역사를 좋아해서 여러 역사 인물에 대해 알고 있었는데, 사실 할머니에 대해서는 잘 몰랐어요.

그래서 처음에 할머니 이름이 의녀반숙인 줄 알았잖아요.

옆에 있던 아저씨들이 어찌나 크게 웃으시던지 민망했어요.

그리고 지금에서야 이야기하는데, 할머니가 하는 이야기는 60 퍼센트 정도밖에 이해하지 못했어요.

우리말인데 우리말이 아닌 것 같은 그런 느낌적인 느낌이었어요.

그래도 학교에서 배운 것처럼 앞뒤 문장을 듣고 무슨 말인지 대충 때려 맞췄어요.

그랬는지 몰랐죠? 그래도 말만 잘 통하면 됐죠.

저는 할머니, 할아버지들은 꿈이 없는 줄 알았어요.

나이가 많으니 그저 하루하루 건강하게 사는 것이 전부인 줄 알았어요.

하지만 할머니가 금강산에 오게 된 이야기, 제주도에 돌아가서 하고 싶은 일에 대해서 듣고 나서는 깜짝 놀랐어요.

제가 한 번도 생각하지 못했던 그런 것들이었거든요.

저는 돈 벌어서 제가 입을 나이키나 뉴발란스 옷 사고, 제가 사용할 아이패드 사려고 했거든요.

다 제 것만 사고, 입고, 먹을 생각만 했는데, 할머니는 제 생각이랑 전혀 반대였어요.

부끄러움이라는 낱말은 그때 쓰는 것이더라구요.

할머니, 짧은 시간이었지만 어떤 생각을 가지고 살아야 하는지 알려 주셔서 감사해요.

저도 할머니처럼 나이를 먹더라도 꼭 멋진 꿈을 가진 사람이 되도록 할게요.

제주도에 가게 되면 할머니가 사셨던 집에 꼭 놀러 갈게요.

배울 것이 많은 정약용 아저씨께.

정약용 아저씨, 저는 삼미 친구인 동철이예요.

그때 아저씨께서 제게 한자 퀴즈를 내셨잖아요.

그리고 제가 한자를 잘 안다고 칭찬해 주셔서 정말 기분 좋았어요.

아저씨가 살고 계신 곳이 다산초당이라는 곳이라는 것을 알고는 더 기뻤어요.

아저씨가 믿으실지는 모르겠지만, 예전에 다산초당에 몇 번 가봤거든요.

그때는 체험학습을 놀이공원으로 안 가고, 볼 것도 없는 여기로 왔냐고 불평을 했었어요.

그래서 친구들이랑 대충 다산초당을 둘러보고 선생님 안 보이는 곳에서 스마트폰으로 게임을 했어요.

그런데 이게 무슨 일! 그렇게 관심 없던 곳에서 직접 아저씨를 만나니 다산초당이 다르게 보이더라고요.

아 참! 형님이 돌아가셨다는 이야기를 듣고 우셨던 모습이 기억나요.

어찌나 슬프게 우셨는지, 옆에 있던 저랑 삼미도 함께 울었어요.

아저씨가 사랑하는 형님이 돌아가셨으니 쉽게 일상으로 돌아오지 못할 거라 생각했어요.

그래서 사실 삼미랑 내기를 했거든요.

아저씨가 얼마 만에 다산초당에 돌아오실지 맞추는 내기요.

삼미는 1주일이라고 했고, 저는 2주일이라고 했어요.

누가 맞췄는지 아시겠어요?

맞아요.

제가 더 가까웠어요.

아저씨가 13일 만에 다산초당에 다시 오셨으니까요.

그리고 그 유명한 《목민심서》를 쓰셨잖아요.

유배 생활도 힘드셨을 텐데 백성들을 위해서 꼭 필요하다며 잠도 제대로 주무시지 않고 책 쓰기에 몰두하셨잖아요.

아저씨가 쓰신 《목민심서》는 현재도 많은 사람들이 읽고 있어요. 뿌듯하시죠?

아저씨, 그리고 삼미랑 함께 있었던 시간도 정말 즐거웠어요.

제 고향 강진에 있는 다산초당에서 아저씨께 한자도 배우고 《목민심서》 내용도 공부했잖아요.

책을 쓰신 작가님께 직접 설명을 들으니 책 내용이 더 잘 이해가 되더라고요.

저를 잘 챙겨 주셔서 감사합니다.

티격태격 싸우기도 했지만 저를 잘 챙겨 준 삼미에게도 동철이

가 여기에서 잘 지내고 있다고 안부 전해 주세요.

다산초당에서 아저씨를 생각하는 나동철 드림.

지도 아저씨, 김정호 아저씨!

잘 지내고 계세요?

추운 겨울에 아저씨 집에 불쑥 들어갔는데 반겨 주셔서 감사해요.

그땐 너무 추워서 실례인 줄 알지만 무작정 집에 들어갈 수밖에 없었어요.

안 그랬으면 저는 얼어 죽었을지도 모르겠어요.

아저씨는 제 생명의 은인이에요.

얼마 전에 박물관에 가서 아저씨가 만든 그 지도를 실제로 봤어요.

아저씨 집에서는 우리나라를 그린 종이들이 흩어져 있어서 우리나라 모양을 하고 있는 큰 지도를 보지는 못했잖아요.

하지만 이곳에서 실제로 커다란 지도를 보니 아저씨가 더 생각났어요.

그 지도를 만들기 위해서 아저씨가 만들던 목판도 기억이 나요.

또 박물관에 전시된 지도를 보면서 아저씨의 피가 나던 손도 떠올랐어요.

아저씨는 그러면서도 《대동지지》라는 책을 쓰겠다고 하셨잖아요.

대동여지도를 만들었으면 그걸로도 충분한데, 거기서 그만두지 않는 모습이 존경스러웠어요. 그러면서도 아저씨 나이 때문에 걱정되기도 했어요.

박물관에서 설명해 주시는 분이 《대동지지》에는 여러 마을이 빠져 있고, 설명과는 다른 마을과 장소들이 있다고 이야기해 줬어요.

결국 아저씨가 《대동지지》를 다 완성하지 못하고 돌아가셨다고 했어요.

역시나 제가 걱정했던 일이 실제로 일어나서 안타까웠어요.

그래도 돌아가시기 전까지 책을 쓰기 위해 노력하신 아저씨의 모습이 정말 감동이었어요.

급하게 화장실 가느라 제대로 된 인사도 못 드렸네요.

추운 날씨에 따뜻하게 챙겨 주셔서 정말 감사해요.

그리고 좋은 소식 하나! 아저씨가 만든 지도가 우리나라 보물로 지정되었어요.

아저씨는 우리나라 보물을 만드신 멋진 분이세요.

이런 소중한 보물을 만들어 주셔서 감사합니다.

녹두장군 전봉준 아저씨께.

　전봉준 아저씨, 저는 아저씨가 경찰들에게 잡혀갈 때 옆에서 이것저것 물어본 학생이에요.
　아저씨가 이 편지를 꼭 읽으셨으면 좋겠어요.
　편지를 읽었다는 것은 아저씨가 살아 있다는 것이고, 편지를 읽지 못했다는 것은 아저씨가 돌아가셨다는 거잖아요.
　저는 아저씨가 오래 사셔서 많은 사람들을 도와줬으면 좋겠어요.
　아저씨가 경찰에게 끌려가는 모습을 보면서, 만약 내가 아저씨 입장이라면 나도 그렇게 당당할 수 있을까 하는 생각이 들었어요.
　곧 죽게 되겠다는 무서움이 더 많았을 것 같아요.
　하지만 제가 본 아저씨는 달랐어요.
　멋있다고 말하는 것보다는 존경스럽다고 말하는 게 더 맞는 것 같아요.
　아저씨 옆에서 사람들이 파랑새 노래를 불렀잖아요.
　사실 그때는 무슨 뜻인지 모르고, 그저 따라 부르기만 했어요. 그래서 집으로 돌아와 무슨 노래인지 찾아봤어요.
　어떤 뜻인지 아니까 노래가 더욱 슬프더라고요.
　처음에는 파랑새가 좋은 새인 줄 알았어요.

하지만 푸른색 옷을 입고 있던 그 나쁜 경찰들이 파랑새라는 걸 알고 깜짝 놀랐어요.

녹두밭은 아저씨와 함께 싸운 농민들이고, 녹두꽃은 아저씨라는 것도 알게 되었어요.

그 사실을 알고 노래를 부르니 아저씨가 잡혀가던 그때의 상황이 모두 이해되었어요.

아저씨, 꼭 죽지 않고 이 편지를 읽으시면 좋겠어요.

지금까지도 녹두장군이라는 이름으로 사람들이 아저씨를 기억하고 있어요.

꼭 다시 한번 뵙고 싶어요.

나동철 올림.

이 책장을 절대로 넘기지 마시오!